톨스토이 고백록

KB143530

옮긴이 **박문재**

서울대학교 법과대학 법학과와 장로회신학대학교 신학대학원을 졸업했으며, 독일 보쿰Bochum 대학교에서 수학했다. 또한 고전어 연구 기관인 Biblica Academia에서 오랫동안 고대 그리스어와 라틴어를 익히고, 고대 그리스어와 라틴어로 쓰인 저서들을 공부했다. 대학 시절에는 역사와 철학을 두루 공부하였으며, 전문 번역가로 30년 이상 신학과 인문학 도서를 번역해왔다. 역서로는 『자유론』, 『프로테스탄트 윤리와 자본주의 정신』, 『실낙원』, 『톨스토이 고백록』 등이 있고, 라틴어 원전 번역한 책으로 『고백록』, 『철학의 위안』 등이 있다. 그리스어 원전에서 옮긴 아우렐리우스의 『명상록』과 『소크라테스의 변명·크리톤·파이돈·향연』, 『아리스토텔레스 수사학』은 매끄러운 번역으로 독자들의 호평을 받고 있다.

현대지성 클래식21

톨스토이 고백록

1판 1쇄 발행 2018년 8월 1일
1판 8쇄 발행 2024년 12월 20일

지은이 레프 톨스토이
옮긴이 박문재
발행인 박명곤 **CEO** 박지성 **CFO** 김영은
기획편집1팀 채대광, 김준원, 이승미, 김윤아, 백환희, 이상지
기획편집2팀 박일귀, 이은빈, 강민형, 이지은, 박고은
디자인팀 구경표, 유채민, 윤신혜, 임지선
마케팅팀 임우열, 김은지, 전상미, 이호, 최고은

펴낸곳 (주)현대지성
출판등록 제406-2014-000124호
전화 070-7791-2136 **팩스** 0303-3444-2136
주소 서울시 강서구 마곡중앙6로 40, 장흥빌딩 10층
홈페이지 www.hdjisung.com **이메일** support@hdjisung.com
제작처 영신사

ⓒ 현대지성 2018

"Curious and Creative people make Inspiring Contents"
현대지성은 여러분의 의견 하나하나를 소중히 받고 있습니다.
원고 투고, 오탈자 제보, 제휴 제안은 support@hdjisung.com으로 보내 주세요.

현대지성 홈페이지

현대지성 클래식 21

톨스토이 고백록
A CONFESSION

레프 톨스토이 | 박문재 옮김

현대
지성

차례

A   C o n f e s s i o n

제 1 장

어린시절에 대한 기억

나는 정교회라는 기독교 신앙 속에서 세례를 받고 자랐습니다. 유년기에 시작해서 청소년기에 이르기까지 그 신앙의 가르침을 받았습니다. 그러나 대학교 2학년이었던 18살 때 나는 그동안 내가 기독교 신앙과 관련해서 가르침 받았던 모든 것을 더 이상 믿지 않게 되었습니다.

몇몇 기억들을 더듬어서 판단해 보면, 나는 기독교 신앙의 가르침들을 진지하게 믿은 적이 단 한 번도 없었고, 단지 교회에서 배운 것들과 내 주변의 어른들이 고백한 것들을 그저 따라갔을 뿐이어서, 나의 믿음이라는 것은 아주 막연하고 불안정한 것이었습니다.

내 기억으로는 내가 열한 살 되던 해에 지금은 오래 전에 고인이 된 블라디미르 밀류틴이라는 이름의 고등학생이 어느 일요일 날 우리를 보러 와서는, 자기가 최근에 학교에서 놀라운 사실을 새롭게 알게 됐다고 말하면서, 그것은 하느님은 존재하지 않고, 우리가 하느님에 대해 지금까지 배운 모든 것은 단지 사람들이 만들어 낸 허구라는 것이었습니다. 이 해가 1838년이었습니다. 이 말을 들은 나의 형들이 아주 큰 관심을 보였던 것이 기억이 납니다. 형들은 나를 불러서 함께 이 문제를 논의했고, 우리 모두는 그의 말이 너무나 흥미진진하고 그럴 수 있는 가능성이 얼마든지 있다고 여겨서 몹시 흥분했던 것도 기억이 납니다.

또한 당시에 대학교에 나가고 있던 나의 형인 드미트리가 갑자기 돌변해서 종교에 헌신해서 그의 기질대로 아주 열정적으로 교회의 모든 예배에 참석하는 것은 물론이고 금식까지 하면서 깨끗하고 도덕적인 삶을 살려고 했고, 어른들을 포함해서 우리 모두는 끊임없이 그런 그를 조롱하면서, 무슨 이유에서였는지는 알 수 없지만 그를 "노아"라고 불렀던 기억도 납니다.

그리고 당시 카잔 대학교의 도서관장으로 있던 무쉬킨 푸쉬킨이 우리를 무도회에 초대했을 때, 내 형이 그 초대를 사양하자, 아이러니컬하게도 도리어 어른이었던 그가 다윗도 법궤 앞에서 춤추지 않았느냐는 논리를 들이대며 내 형을 설득했던 기억이 납니다. 어른들은 그런 말들을 농담으로 했을지 모르지만, 나는 그런 말들에 공감해서 마음속으로 교리를 배우고 교회에 다니는 것은 어쩔 수 없지만 그런 것들을 너무 진지하게 받아들여서는 안 되겠다는 결론을 내렸습니다.

또한 아주 어릴 때 볼테르의 책을 읽었는데, 그가 기독교 신앙에 대해 던진 조롱의 말들이 내게 충격으로 다가오기는커녕 나를 너무나 유쾌하고 즐겁게 해주었던 기억도 납니다.

나와 같은 사람들이 통상적으로 신앙에서 멀어져 가는 그런 방식으로 나도 신앙으로부터 멀어져 갔습니다. 나는 어릴 때 막연한 신앙을 가졌던 사람들이 신앙에서 멀어지는 것은 대부분의 경우에 다음과 같은 과정으로 일어난다고 생각합니다. 그들은 다른 사람들과 마찬가지로 단지 종교적 가르침과 공통점이 전혀 없는 원리들이 아니라 전체적으로 그 가르침과 반대되는 원리들을 토대로 해서 살아갑니다. 그 결과 종교적인 가르침은 그들의 삶 속에서 아무런 역할도 하지 못합니다. 다른 사람들과 교류할 때에도 아무 상관이 없고, 그들 자신의 개인적인 삶 속에서도 종교적 가르침을 생각하며 살아갈 필요를 느끼지 못합니다. 종교적 가르침에 대한 신앙을 고백하는 것은 그들의 삶과 동떨어져 있고 아무 상관이 없습니다. 그들은 자신들의 삶과 단절되어 있고 그 삶 바깥에 있는 허구적인 공간 속에서만 신앙을 고백하고 종교적 가르침을 얘기합니다.

어떤 사람의 삶과 행실을 보고서 그가 신자인지 아닌지를 판단하는 것은 그 때도 불가능했고 지금도 불가능합니다. 정교회의 신앙을 믿는다고 공개적으로 고백하는 신자들과 그런 것을 믿지 않는다고 말하는 사람들 간에 차이가 있기는 하지만, 그 차이는 신자들에게 유리한 차이가 결코 아닙니다. 그 때나 지금이나 정교회의 신앙을 믿는다고 공개적으로 고백하는 사람들은 대체로 우둔하고 잔인하며 자기밖에 모르는 사람들입니다. 똑똑하고 정직하며 신뢰할 만하고 좋은 성품을 지니고서 도덕적으로 살아가는 사람들은 흔히 불신자들인 경우가 많습니다.

학교에서는 정교회의 교리를 가르치고, 학생들은 의무적으로 교회에 나가야 하며, 정부 관리들은 세례교인이라는 증명서를 제출해야 합니다. 그러나 학교를 졸업하고 나서 이제 더 이상 학교에 다닐 필요가 없고 정부에서 일하지도 않는 우리 같은 사람들은 오늘날 우리가 그리스도인들 사이에서 살아가고 있고 우리 자신이 정교회의 일원으로 여겨지고 있다는 것을 단 한 번도 의식하지 않고도 십 년 또는 이십 년을 살아갈 수 있고, 과거에는 그렇게 살아가는 것이 훨씬 더 쉬웠습니다.

따라서 사람들이 자신의 의지와는 상관없이 외적인 압력에 의해 받아들이고 유지해 온 종교적 가르침은 그런 가르침들과 상반되는 삶을 살아가면서 얻게 되는 지식과 경험의 영향 아래에서 점차 약화되는데, 이것은 과거에도 그랬고 지금도 그렇습니다. 그늘은 자신늘이 어린 시절에 받았던 송교적 가르침을 여전히 고수하며 살아가고 있다고 생각하지만, 사실은 그런 가르침은 완전히 사라지고 흔적조차 남아 있지 않는 경우가 비일비재합니다.

S로 시작되는 이름을 지닌 어느 똑똑하고 정직한 사람이 어떻게 해서 자기가 신앙을 버리게 되었는지에 대한 이야기를 전에 내게 들려준 적이 있었습니다. 한 번은 사냥을 나가서 야영을 하게 되었을 때, 그의 나이가 이미 스물여섯 살이었지만 어린 시절부터 쭉 해왔던 대로 잠자리에 들기 전에 습관처럼 무릎을 꿇고 기도를 했습니다. 그와 함께 사냥을 나온 형이 건초 위에 누워서 그의 그런 모습을 지켜보고 있다가, 그가 기도를 끝내고 잘 준비를 하고 있을 때, 그에게 이렇게 말했습니다. "너는 아직도 그런 짓을 하니?"

그들은 더 이상 아무 말도 하지 않았지만, 그 날부터 그는 기도하는 것도 그만두었고 교회에 나가는 것도 그만두었습니다. 그렇게 해서 지금 그가 기도하지도 않고 성찬식에 참석하지도 않고 교회에 나가지 않은 지가 어언 30년이 되었습니다. 그런데 일이 그렇게 된 것은 그가 형의 신념을 알았고 그것을 자신도 받아들였기 때문도 아니었고, 자신의 마음속에서 모종의 결단을 했기 때문도 아니었습니다. 단지 그가 지금까지 지녀 왔던 신앙이 스스로 그 무게를 견디지 못하고 무너져 내리려 하고 있다가, 형의 말 한 마디가 그 신앙의 담장을 툭 건드리는 손가락 역할을 해서, 그의 신앙 전체가 와르르 무너져 내린 것일 뿐이었습니다. 그가 지금까지 신앙이라고 생각해 왔던 것들이 사실은 이미 오래 전부터 아무런 실체가 없는 공허한 것이었고, 그가 기도문을 외우고 십자가 성호를 그으며 기도하기 위해 무릎을 꿇은 것들이 너무나 무의미한 행위들이라는 것이 형의 말 한 마디에 그대로 드러나 버린 것이었습니다. 그리고 그런 것들이 무의미하다는 것을 깨닫게 되자, 그는 그런 것들을 더 이상 계속할 수 없었습니다.

나는 대다수의 사람들에게 이런 일이 일어나 왔고 지금도 일어나고 있다고 생각합니다. 내가 말하는 이것은 나와 같이 자기 자신에 대해 진실한 사람들에게 해당되고, 신앙을 갖는 것을 세상적인 목적을 이루기 위한 수단으로 여기는 사람들에게는 해당되지 않습니다. 후자에 속한 사람들은 근본적으로 가장 지독한 불신자들입니다. 왜냐하면, 어떤 세상적인 목적을 이루기 위해서 신앙을 갖는다면, 그 신앙은 분명히 신앙이라고 할 수 없기 때문입니다. 반면에 전자에 속한 사람들의 경우에는 그들에게 인위적으로 세워진 신앙의 구조물은 그들의 지식과 삶의 빛 아래에서 점차 무너져 내립니다. 다만 그것을 이미 깨닫고 그 구조물을 완전히 깨끗하게 없애 버린 사람들이 있는가 하면, 아직 그것을 깨닫지 못한 사람들이 있을 뿐입니다.

그런 사람들의 경우와 마찬가지로 내게서도 내가 어린 시절부터 배워 온 종교적 가르침은 사라졌지만, 다만 한 가지 차이점이 있다면, 그것은 내 경우에는 열다섯 살 때부터 이미 철학 책들을 읽으면서 생각을 많이 하기 시작했기 때문에, 나는 상당히 어린 나이에 신앙과 종교적 가르침을 스스로 버릴 수 있었다는 것입니다. 기도문을 외우거나 교회에 나가거나 금식하는 것을 내 자신의 의지로 그만둔 것이 내 나이 열여섯 살 때였습니다.

나는 내가 어릴 때부터 가르침 받아 왔던 것들을 믿지 않았지만, 그렇다고 해서 아무것도 믿지 않았던 것이 아니라 무엇인가를 믿고 있었습니다. 하지만 내가 무엇을 믿고 있었던 것인지는 말로 표현하는 것이 불가능했습니다. 나는 하느님을 믿고 있었습니다. 아니, 하느님을 부정하지 않았다고 말하는 것이 더 맞을 것입니다. 그러나 내가 어떤 하느님을 믿고 있었는지는 내 자신도 잘 알 수 없었습니다. 나는 그리스도를 부정하지도 않았고 그리스도의 가르침을 부정하지도 않았습니다. 하지만 이번에도 내가 무엇을 그리스도의 가르침이라고 생각했는지는 내 자신도 알 수 없었습니다.

그 시절을 되돌아보았을 때 지금도 내가 생생하게 기억하는 것은 당시에 내가 믿고 있던 것이 나의 동물적인 본능 외에 나의 삶에 동력을 부여해 주었는데, 그 때에 내가 유일하게 진정으로 믿고 있던 것은 내 자신이 완전하게 되어야 한다는 신념이었습니다. 그러나 무엇이 완전하게 되는 것이고 완전하게 되고자 하는 목적이 무엇인지에 대해서는 당시의 나로서는 알 수 없었습니다.

나는 지적으로 내 자신을 완전하게 하기 위해 나의 삶 속에서 접하게 된 모든 것을 연구하고자 했고, 내가 따라야 할 규칙들을 스스로 설정해 놓고서 나의 의지를 완전하게 하고자 했으며, 육체적으로도 내 자신을 완전하게 하기 위해서 나의 힘과 민첩성을 발전시켜 줄 온갖 운동들을 시도하고 온갖 어려운 일들을 일부러 겪음으로써 끈기와 인내를 기르고자 했습니다. 나는 이 모든 것이 완전함을 추구하는 데 필수적이라고 생각했습니다. 물론, 이 모든 것의 시작은 도덕적인 완전함이었지만, 그것은 이내 모든 것에서 완전해야 한다는 생각으로 바뀌었고, 그것은 내 자신이나 하느님이 보시기에 더 나은 사람이 되고자 하는 것이 아니라 다른 사람들에게 더 나은 사람으로 보이고자 하는 욕망이었습니다. 그리고 그런 노력은 또다시 다른 사람들보다 더 힘 있는 사람이 되고자 하는 욕망, 즉 다른 사람들보다 더 유명하고 더 중요하며 더 부유한 사람이 되고자 하는 욕망으로 바뀌었습니다.

제 2 장

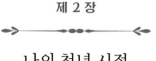

나의 청년 시절

나는 언젠가는 나의 젊은 시절의 10년 동안에 대한 감동적이고 교훈적인 이야기를 하려고 했는데 이제 그 이야기를 할 수 있게 되었습니다. 아주 많은 사람들이 나와 같은 경험을 했을 것이라고 생각합니다. 나는 온 마음을 다해서 선한 사람이 되고자 했습니다. 하지만 나는 어렸고 혈기가 왕성했으며, 선을 추구하고자 하는 사람이 정말 나 혼자뿐이었습니다. 내가 도덕적으로 선한 사람이 되는 것이 내 마음의 간절한 소원이라고 내 진심을 얘기할 때마다, 사람들은 나를 경멸하며 비웃었습니다. 반면에 내가 비열한 욕망들에 굴복해서 거기에 따라 행동했을 때에는, 그 즉시 사람들은 나를 칭찬하고 격려해 주었습니다. 야망, 권력욕, 탐욕, 음욕, 교만, 분노, 앙심 같은 것들이 존중과 존경을 받았습니다. 나는 그런 욕망들에 굴복해서 마치 성인처럼 행동했고, 사람들이 나를 인정해 주는 것을 느꼈습니다.

　나와 함께 살고 있던 숙모는 인자한 분이었고 세상에서 둘도 없는 가장 순수한 사람이었는데도, 그녀가 내게 가장 바라는 것은 내가 결혼을 잘하는 것이라며 늘 입버릇처럼 이렇게 말했습니다. "청년에게 가장 중요한 일은 훌륭한 가문의 규수를 만나 결혼하는 것이란다." 그녀가 내게 대해 갖고 있던 또다른 소원은 내가 부관이 되는 것이었고, 이왕이면 황제의 부관이 되었으면 하는 것이었습니다. 하지만 그녀의 가장 큰 소원은 뭐니 뭐니 해도 내가 부호의 딸과 결혼해서 많은 하인들을 거느리며 살게 되는 것이었습니다.

나는 그 시절을 떠올리기만 하면 너무나 끔찍해서 소름이 끼치고 역겨워지며 마음이 아파오기 시작합니다. 전쟁에 나가서 사람들을 죽였고, 내 마음에 안 드는 사람들이 있으면 결투를 신청해서 그들을 죽였습니다. 노름을 해서 많은 돈을 잃었고, 농부들의 피땀을 갈취하여 살아갔으면서도 그들에게 형벌을 내렸으며, 방탕하게 살며 음행을 저질렀고, 사람들을 속였습니다. 거짓말, 강도, 온갖 음행, 술 취함, 폭력, 살인 등 내가 저지르지 않은 범죄는 없었습니다. 그런데도 사람들은 내가 한 일들을 칭찬했고, 나를 비교적 도덕적인 사람으로 여겼고 지금도 그렇게 여기고 있습니다.

나는 그런 식으로 10년 동안 살았습니다. 그 기간 동안에 나는 허영심과 이기심과 교만으로 글을 쓰기 시작했고, 내가 나의 삶 속에서 했던 짓들을 나의 글들 속에서도 똑같이 했습니다. 내가 글을 쓴 목적은 명성과 돈을 얻기 위한 것이었기 때문에, 나의 글들에서 선한 것들은 감추고 악한 것들을 드러내지 않으면 안 되었고, 나는 실제로 그렇게 했습니다. 내 삶에 의미를 부여한 것은 선을 향한 추구들이었지만, 나의 글 속에는 그런 것들을 일부러 외면하거나 가벼운 조롱거리로 다루는 방식으로 은폐하는 일이 비일비재했습니다. 나의 시도는 성공했고 사람들로부터 박수갈채를 받았습니다.

내가 스물여섯 살 때 전쟁이 끝났고, 나는 다시 상트페테르부르크로 돌아와서 작가들과 어울렸습니다. 그들은 나를 작가로 대우해 주고 호의적으로 대해 주었습니다. 나는 내 자신을 되돌아보면서 내 자신을 정립할 시간을 갖기도 전에, 내가 어울리게 된 한 무리의 작가들의 인생관을 받아들였고, 그들의 인생관은 선을 추구하고자 했던 나의 이전의 모든 노력을 다 말살시켜 버렸으며, 내가 방탕하게 살아가는 것을 정당화할 수 있는 이론을 제공해 주었습니다.

이 사람들, 그러니까 나의 동료 작가들의 인생관은 이런 것이었습니다. "인생이라는 것은 전체적으로 계속해서 발전해가고, 이 발전과정에서 사상가들이 주된 역할을 하는데, 사상가들 중에서도 우리 같은 예술인들과 시인들이 가장 큰 영향력을 발휘한다. 우리의 소명은 인류를 가르치는 것이다." 그렇다면 거기에서는 "나는 무엇을 알고 있고, 무엇을 가르칠 수 있는가"라는 질문이 생겨날 수밖에 없었지만, 그들은 예술인과 시인은 자신이 의식하지 못하는 가운데 무의식적으로 이미 사람들을 가르치고 있는 것이기 때문에, 굳이 그런 것은 알 필요가 없다고 설명함으로써, 그런 질문이 제기되는 것을 회피해 버렸습니다.

사람들이 나를 훌륭한 예술인이자 시인으로 여겼기 때문에, 내가 그런 인생관을 받아들이게 된 것은 너무나 자연스러운 일이었습니다. 예술인이자 시인인 나는 내가 무엇을 가르치고 있는지를 모르는 가운데 글을 쓰고 가르쳤으며, 그 대가로 돈을 받았습니다. 내게는 진수성찬과 살 집과 여자들이 주어졌고, 나를 따르는 사람들이 생겼으며, 명성이 주어졌습니다. 이런 것들은 내가 가르치고 있는 것들이 아주 훌륭하다는 것을 보여주는 증거들이었습니다.

시의 가치와 인생의 발전에 대한 이러한 믿음은 종교였고, 나는 그 종교의 사제들 중 한 사람이었습니다. 거기에서 사제가 되는 것은 정말 즐겁고 수지맞는 일이었습니다. 나는 그 종교가 틀렸을 가능성에 대해서는 조금도 생각하지 않고 그 종교 안에서 상당 기간을 살았습니다. 그러나 그런 삶을 살기 시작한 지 두 번째 해에 나는 이 종교가 틀렸을 가능성에 대해 생각하고 그 가능성을 검토해 보기 시작했고, 그런 의구심은 세 번째 해에는 더욱 짙어졌습니다.

내게서 그런 의구심이 생겨나게 만든 첫 번째 요인은 이 종교의 사제들의 생각과 뜻이 서로 일치하지 않고 분열되어 있다는 것을 내가 알아차리기 시작한 것이었습니다. 그들 중 어떤 사람들은 "우리가 사람들에게 가장 큰 유익을 끼치는 최고의 선생들이고, 우리는 사람들에게 꼭 필요한 것들을 가르치는데, 다른 선생들은 잘못 가르치고 있다"고 말한 반면에, 또 다른 사람들은 "아니다, 우리야말로 진짜 선생들이고, 너희는 잘못 가르치고 있다"고 말하며, 그들끼리 서로 말다툼을 벌이며 싸우고 욕하며 속이고 헐뜯었습니다. 또한, 우리 중에는 누가 옳고 누가 틀렸는지에 대해서는 아무 관심이 없고, 그저 글을 써서 자신들의 탐욕스러운 욕망들만을 채우는 데만 골몰하는 사람들도 많았습니다. 이 모든 것은 나로 하여금 우리가 신봉하는 이 종교가 과연 옳은 것인지를 의심할 수밖에 없게 했습니다.

작가들의 종교와 그 신조가 틀렸을 수도 있다는 의구심이 생기기 시작하면서, 나는 그 사제들을 더 주의 깊게 관찰하기 시작했고, 그 종교의 사제들인 작가들이 대부분 부도덕하고 악한 자들이고, 내가 전에 군대생활을 하면서 만났던 난봉꾼들보다도 훨씬 더 형편없는 쓰레기 같은 자들이면서도, 지극히 거룩한 자들이거나 거룩함이 무엇인지를 전혀 알지 못하는 자들에게서만 볼 수 있는 극도의 자신만만함과 자기만족에 빠져 있는 자들이라는 것을 확신하게 되었습니다. 그러자 이 사람들이 역겨워졌고, 내 자신도 역겨워졌습니다. 그리고 나는 이 신앙이 사기극이라는 것을 깨달았습니다.

그러나 이상하게 들리겠지만, 나는 이것이 사기극이라는 것을 알고 강한 거부감을 느꼈음에도 불구하고, 그 사람들이 내게 수여한 지위, 즉 예술인이자 시인이며 선생이라는 지위를 거부하지는 않았습니다. 나는 시인이자 예술인이기 때문에, 내가 사람들에게 무엇을 가르치고 있는지를 알지 못하지만, 그래도 여전히 모든 사람을 가르칠 수 있다고 순진하게 생각했고, 그런 생각에 따라 행동했습니다.

나는 이 사람들과 어울려 친하게 지내면서 새로운 악덕을 얻었는데, 비정상적으로 발전된 나의 교만과 사람들에게 무엇을 가르치고 있는지도 모르면서 사람들을 가르치는 것이 나의 소명이라고 생각하는 나의 정신 나간 확신이 바로 그 악덕이었습니다.

그 시절을 떠올리며 당시에 나와 그 사람들(물론 오늘날에도 그런 사람들이 부지기수로 많기는 하지만)의 마음 상태를 생각해 보면, 서글프기도 하고 끔찍하기도 하며 우스꽝스럽기도 한데, 우리가 정신병동에 갔을 때 느끼는 바로 그런 감정이 내 안에서 생겨납니다.

당시에 우리는 모두 가급적 신속하게 많이 말하고 써서 활자화해야 하고, 그것이 인류의 행복을 위해 꼭 필요한 일이라는 것을 확신하고 있었습니다. 그래서 수천 명에 이르는 우리 작가들은 서로를 반대하고 욕하며 싸우면서도, 모두 다 부지런히 글을 쓰고 활자화해서 사람들을 가르치고자 했습니다. 우리가 아무것도 알지 못한다는 것, 인생의 질문들 중에서 가장 기본적인 것, 즉 "무엇이 선이고 무엇이 악인가"라는 질문에 대한 대답조차도 알지 못한다는 것을 아랑곳하지 않은 채로, 우리 모두는 어떤 때에는 서로에게서 지지와 찬사를 얻어낼 목적으로 서로를 지지하고 찬사를 보내기도 하고, 어떤 때에는 서로에 대해 헐뜯고 화를 내기도 하면서, 서로의 말에는 귀를 기울이지 않고 오직 우리 자신의 밀들만을 일제히 쏟아내는 정신병동 같은 상황을 연출하였습니다.

인쇄소에서 일하는 수천 명의 노동자들이 밤낮으로 일해서 수백 만 단어를 조판하여 인쇄해 냈고, 우체부들은 그 인쇄물들을 러시아 전역으로 배달했습니다. 우리는 쉬지 않고 가르쳤지만, 한정된 시간 내에서 우리가 가르쳐야 한다고 생각했던 것들을 모두 가르칠 수는 없었기 때문에, 사람들이 우리의 가르침에 충분한 주의를 기울이지 않는다고 늘 화를 냈습니다.

그것은 끔찍할 정도로 기괴한 광경이었지만, 당시에 왜 그런 광경이 연출되었는지가 지금은 충분히 이해가 됩니다. 우리 마음속 깊은 곳에 자리잡고 있던 진정한 목적은 사람들로부터 가능한 한 많은 돈과 찬사를 얻는 것이었고, 그 목적을 이루기 위해 우리가 할 수 있는 일은 책을 쓰고 신문에 글을 싣는 것 외에는 아무것도 없었습니다. 그래서 우리는 그렇게 했던 것입니다. 그러나 우리가 그런 쓸데없는 일을 하면서도, 우리 자신이 매우 중요한 사람들이라는 확신을 갖고 싶고 확인하고 싶었기 때문에, 우리에게는 우리의 그러한 활동을 정당화해 줄 이론이 필요했습니다. 그리고 그런 필요성은 우리 가운데서 그런 이론을 만들어 낼 수 있게 해주었습니다. "모든 존재하는 것은 이성적이다. 모든 존재하는 것은 발전한다. 그리고 그 모든 것은 문화를 통해 발전하고, 문화는 책과 신문이 보급된 정도로 측정된다. 우리가 돈을 받고 사람들로부터 존경을 받는 것은 책을 쓰고 신문에 글을 싣기 때문이다. 그러므로 우리는 인류에 가장 큰 유익을 끼치는 최고의 사람들이다."

만일 우리 모두가 진정으로 거기에 동의했다면, 분명히 이 이론은 아무런 문제가 없는 것이었을지도 모릅니다. 그러나 우리 중에서 어느 한 사람이 어떤 생각을 표현하면 늘 또 다른 사람이 그 생각을 정면으로 반박했기 때문에, 이 경우도 예외는 아니었습니다. 따라서 우리는 또 다른 가능성을 숙고해 보는 것이 마땅했지만, 그렇게 하지 않고 무시해 버렸습니다. 사람들은 우리에게 돈을 지불했고 우리를 지지하는 사람들이 우리에게 찬사를 보냈기 때문에, 우리 각자는 우리 자신이 옳다고 생각해 버린 것입니다.

지금의 내게는 이것이 정신병동에서나 볼 수 있는 광경이었다는 것이 너무나 분명하게 인식되지만, 당시에 그런 의구심은 내 안에 단지 막연하게만 자리 잡고 있었기 때문에, 나는 모든 정신병자들이 그러하듯이 내 자신을 제외한 모든 사람을 정신병자들이라고 불렀습니다.

제 3 장

진보에 대한 미신적 믿음과 형의 죽음

나는 결혼할 때까지 6년 동안을 이런 정신 나간 생각에 사로잡혀서 살아 갔습니다. 그동안에 외국에도 나갔다 왔는데, 유럽에서의 삶 및 유럽의 진 보적이고 박식한 지식인들과의 교류는 모든 면에서 완전을 추구해야 한 다는 그동안의 나의 신념을 한층 더 확고히 해주었습니다. 그것은 그들 가 운데서도 그 동일한 믿음을 확인했기 때문이었습니다. 나의 그런 신념은 당시 대다수의 지식인들이 지니고 있던 것과 동일한 형태를 띠게 되었습 니다. 그것은 "진보"라는 단어로 표현되었습니다. 당시 내게는 이 단어가 무엇인가 의미심장한 것으로 보였습니다. 모든 살아 있는 사람들처럼, "어떻게 사는 것이 최선의 삶인가"에 대해 고민하고 있던 내가 그 질문에 대해 "진보하는 것에 맞추어서 살아가는 것이 최선의 삶"이라고 대답하 는 것은, 마치 작은 배를 타고 풍랑에 떠밀려 가고 있는 어떤 사람이 "내가 어느 방향으로 노를 저어 가야 하나"라는 그에게 유일하게 가장 중요한 질 문에 대해 "배가 가는 대로 가자"라고 대답하는 것과 같은 것임을 나는 아 직 깨닫지 못했기 때문이었습니다.

그 때에 나는 그것을 알지 못했습니다. 사람들이 인생에 대한 자신들의 몰이해를 은폐하기 위해 당시에 비일비재하게 활용했던 그런 미신에 대 해서 나는 그저 가끔씩 이성에 기반해서가 아니라 단지 본능적으로 거부감을 느꼈을 뿐이었습니다.

예컨대, 파리에 머물러 있는 동안에 사형수가 처형되는 광경을 목격했을 때, 진보에 대한 나의 미신적인 신념이 위태위태하고 불안정하다는 것이 드러났습니다. 사형수의 머리와 몸이 두 동강이 나서 따로따로 밑으로 떨어져서 상자 속에 담기는 모습을 보고서, 나는 합리성을 전제하는 당시의 진보 이론으로는 이 행위를 정당화할 수 없고, 세계의 창조 이래로 어떤 사람이 어떤 이론에 의거해서 그런 행위가 필요하다고 주장한다고 할지라도, 나는 그 행위가 불필요하고 악하다는 것을 알고 있기 때문에, 무엇이 선이고 무엇이 악인가를 결정하는 것은 사람들이 말하는 것이나 행하는 것도 아니고 진보도 아니며 내 마음과 나라는 것을 내 생각이 아니라 나의 존재 전체로 깨달았습니다.

진보에 대한 미신적인 믿음을 인생의 지침으로 삼기에는 불충분하다는 것을 깨닫게 해준 또 하나의 사건은 내 형의 죽음이었습니다. 내 형은 지혜롭고 선량하며 진지한 사람이었는데도 아직 젊은 나이에 병에 걸려서 일 년 넘게 힘든 투병생활을 하다가, 자기가 무엇 때문에 살아 왔고 무엇 때문에 죽어야 하는지도 알지 못한 채로 고통스럽게 죽었습니다. 내 형이 고통스럽게 서서히 죽어가고 있는 동안에, 그 어떤 이론도 그에게나 내게나 그런 질문들에 대해 그 어떤 대답도 해줄 수 없었습니다.

그러나 이런 것들은 단지 내 안에서 가끔 불쑥 올라온 의구심에 지나지 않았고, 실제로 나는 계속해서 진보에 대한 믿음을 말하며 살아갔습니다. "모든 것은 진보하고, 나도 모든 것과 함께 진보한다. 내가 모든 것과 함께 진보하는 이유는 언젠가는 알게 될 것이다." 당시의 나로서는 나의 믿음을 그런 식으로 표현할 수밖에 없었습니다.

외국에서 돌아온 후에는 시골에 정착해서 농민학교를 운영하는 일로 바빴습니다. 이 일은 특히 내 마음에 들었습니다. 내가 지난날 글로 사람들을 가르치고자 했을 때 내 안에서 생생하게 마주했던 나의 거짓된 모습을 이 일에서는 마주하지 않아도 되었기 때문이었습니다.

이 때에도 나는 진보라는 이름으로 행하기는 했지만, 이미 진보 자체를 비판적으로 바라보고 있었습니다. 나는 속으로 내게 이렇게 말했습니다. "진보는 그 발전과정에서 잘못된 것들을 노출시켜 왔기 때문에, 이 순박한 농민의 자녀들에 대해서는 자유롭게 대해서, 그들로 하여금 자신들이 원하는 진보의 방향을 스스로 선택할 수 있게 해주어야 한다."

사실 나는 여전히 "내가 무엇을 가르쳐야 하는지를 모르는데 어떻게 가르쳐야 하는가"라는 하나의 동일한 문제를 풀지 못하고 여전히 그 주위를 맴돌고 있었습니다. 더 높은 수준의 문학 활동 속에서는 무엇을 가르쳐야 하는지를 모른 채로 사람들을 가르치는 것은 불가능하다는 것은 이미 깨닫고 있었습니다. 왜냐하면, 사람들은 모두 제각각 다르게 가르쳤고, 그들 자신의 무지를 감추기 위해 서로 논쟁하고 싸우고 있다는 것을 알았기 때문이었습니다. 그러나 여기 농민의 자녀들에게는 그들이 좋아하는 것을 배우게 한다면, 그런 난점에서 벗어날 수 있겠다고 생각했습니다. 당시에 나는 사람들에게 무엇이 필요한지를 알지 못했기 때문에 그들에게 진정으로 필요한 것을 가르칠 수 없다는 것을 내 마음 깊은 곳에서는 너무나 잘 알고 있었는데도, 가르치고자 하는 나의 욕구를 충족시키기 위해 발버둥을 쳤었는데, 지금도 그 생각만 하면 헛웃음밖에 나오지 않습니다. 농민학교 일을 일 년 동안 한 후에는, 내 자신이 아무것도 모르는데 어떻게 사람들을 가르칠 수 있느냐 하는 질문에 대한 해법을 찾아내기 위해 두 번째 외국에 나갔습니다.

그리고 나는 그 해법을 외국에서 찾아냈다고 생각했고, 그 모든 지혜로 무장한 채로 농노들이 해방되던 해인 1861년에 러시아로 다시 돌아와서, 농노들과 지주들 간의 문제를 해결해 주는 중재자가 되어, 학교에서는 배우지 못한 농부들을 가르치고, 내가 발행한 잡지를 통해서는 식자 계층을 가르쳤습니다. 모든 것이 잘되어 가는 것처럼 보였지만, 나는 나의 정신상태가 그리 좋지 못해서 이 일들을 이런 식으로 오랫동안 계속해 나갈 수 없다고 느꼈습니다. 그 때에 내가 인생에서 아직 한 번도 겪어 보지 못했던 측면이자 내게 행복을 약속해 주는 것처럼 보였던 일이 없었더라면, 나는 그 때로부터 15년 후에 겪게 될 절망의 상태를 아마도 당시에 겪게 되었을 것이었는데, 그 일은 바로 나의 결혼이었습니다.

1년 동안 나는 농노와 지주를 중재하고 농민학교에서 가르치고 잡지를 발행하는 일로 눈코 뜰 새 없이 바빴고, 결국에는 탈진되고 말았는데, 그것은 특히 나의 정신적인 혼란으로 인한 영향이 컸습니다. 농노들과 지주들을 중재하는 일로 씨름하는 것은 너무나 힘들었고, 농민학교 활동의 성과도 미미했습니다. 잡지 발행에 뛰어들어서 좌충우돌하는 내 모습에도 거부감을 느꼈습니다. 왜냐하면 나는 거기에서도 지금까지 늘 부딪쳐 왔던 것과 똑같은 문제, 즉 내가 무엇을 가르쳐야 하는지도 알지 못한다는 사실을 숨기고서 사람들을 가르치기 위해 교묘하게 잔재주를 피워야 했기 때문이었습니다. 결국 나는 육체적이라기보다는 정신적으로 중병에 걸리고 말았습니다. 나는 모든 것을 내던져 버리고, 바쉬키르 부족이 사는 대초원지대로 가서 맑고 신선한 공기 속에서 호흡하고 마유주를 마시며 원시적인 생활을 했습니다.

초원에서 돌아온 나는 결혼을 했습니다. 행복한 가정생활이라는 새로운 환경은 인생의 의미를 탐구하는 일로부터 나를 완전히 떼어 놓았습니다. 당시에 나의 삶은 내 가정과 내 아내와 내 자녀들이 전부였고, 따라서 나는 내 가족이 먹고 살 재산을 늘리는 일에 전념했습니다. 내 자신을 완전하게 하겠다는 나의 인생 목표는 이미 일반적인 완전함, 즉 진보에 대한 추구로 대체되어 있었는데, 이제는 또다시 단지 나와 내 가족을 위한 최선의 환경을 만들고자 하는 노력으로 대체되었습니다.

이렇게 해서 15년이라는 세월이 또 흘러갔습니다. 이 15년 동안에 나는 글을 쓰는 것은 하찮은 일이라고 생각했지만, 나의 이 하찮은 작업에 대해 주어지는 막대한 금전적인 보상과 사람들의 박수갈채의 달콤함을 이미 맛본 후였기 때문에 그 유혹을 떨치지 못하고, 한편으로는 돈을 벌어서 나의 물질적인 지위를 향상시키고 다른 한편으로는 내 마음속에서 치밀어 오르는 내 인생 또는 인생 자체의 의미에 대한 온갖 의문들을 억누르기 위해 계속해서 글을 썼습니다. 나는 글을 써서, 당시에 내게 유일한 진리였던 것, 즉 우리는 자기 자신과 자기 가족에게 최고의 삶을 선사하기 위해 살아가야 한다는 것을 가르치고자 했습니다.

나의 삶은 그런 식으로 흘러갔습니다. 그런데 5년 전에 아주 이상한 일이 내게 생기기 시작했습니다. 처음에는 도대체 무엇이 무엇인지를 알 수 없고 갈피를 잡을 수 없는 혼란스러운 순간들을 문득문득 경험했습니다. 그런 순간들에 나는 마치 어떻게 살아야 하고 무엇을 해야 하는지를 전혀 알지 못하는 사람처럼 되었고, 나의 삶은 정지된 것처럼 느껴졌습니다. 어떻게 해야 할 줄을 몰랐고, 절망에 빠져들었습니다. 그런 순간들은 이내 지나갔고, 나는 이전처럼 아무 일 없었다는 듯이 살아갔지만, 그런 혼란스러운 순간들은 언제나 동일한 형태로 점점 더 빈번하게 찾아 왔습니다. 그런 순간들에는 어김없이 나의 삶은 정지된 것처럼 느껴졌고, "인생은 무엇이고 어디로 가는 것인가"라는 언제나 동일한 의문들이 고개를 들었습니다.

그런 의문들은 내게 처음에는 무의미하고 쓸데없는 것들로 생각되었습니다. 그런 의문들에 대한 대답은 이미 잘 알려져 있는 것이기 때문에, 마음먹기만 한다면 별로 힘들이지 않고도 금방 해결할 수 있는 대수롭지 않은 문제들이라고 생각했습니다. 지금은 내가 시간이 없어서 그렇게 하지 못하지만, 내가 원한다면 그 대답을 쉽게 발견해 낼 수 있을 것이라고 생각했습니다.

하지만 시간이 흐를수록 내 안에서 그런 의문들은 더 자주 반복적으로 생겨나서 점점 더 끈질기고 집요하게 내게 대답을 요구했고, 종이 위의 어느 한 지점에 계속해서 뚝뚝 떨어진 잉크 방울처럼 내 마음속에 어느새 크고 시커먼 반점을 형성해 버렸습니다.

그러자 치명적인 내면의 병을 앓는 모든 사람들에게 일어나는 증상이 내게도 일어났습니다. 처음에는 그저 삶에 대한 가벼운 염증 같은 사소한 증상들이 나타나기 때문에, 병자는 대수롭지 않게 여겨서 별 관심을 두지 않지만, 그런 증상들은 날이 갈수록 점점 더 빈번하게 나타나고 주기가 짧아져서, 결국에는 한시도 그 고통에서 벗어나지 못하고 끊임없이 괴로움을 당하게 되는 일이 벌어집니다. 그 고통은 점점 더 극심해지고, 병자가 자기에게 무슨 일이 벌어지고 있는지를 채 깨닫기도 전에, 그가 전에 삶에 대한 가벼운 염증 정도로 여겼던 것이 이제는 이미 그에게 이 세상에서 그 어떤 일보다 더 중요한 것, 즉 죽음의 문제가 되어 있는 것을 발견하게 됩니다!

이것이 바로 내게 일어난 일이었습니다. 나는 그것이 가벼운 염증이 아니라 아주 중요한 일이라는 것을 알았고, 내게 끊임없이 반복적으로 일어나는 그런 의문들에 대답하지 않으면 안 된다는 것을 알았습니다. 그래서 나는 그 의문들에 대답하려고 애썼습니다. 그 의문들은 아주 시시하고 간단하며 유치한 것들로 보였습니다. 하지만 그 의문들에 손을 대서 풀어 보려고 하자마자, 나는 이내 두 가지를 깨달았습니다. 첫 번째는 그 의문들은 유치하고 시시한 문제들이 아니라, 인생에 대한 가장 중요하고 심오한 질문들이라는 것이었고, 두 번째는 내가 이 의문들을 풀려고 아무리 많은 시간을 들여 노심초사해도 나의 능력으로는 풀 수 없다는 것이었습니다.

나는 사마라에 있는 내 땅을 관리하는 일이나 내 아들의 교육 문제나 글을 써서 책을 내는 일을 하기 전에, 내가 왜 그런 일들을 해야 하는지를 알아야 했습니다. 그 이유를 알지 못하고서는 아무것도 할 수 없었고 심지어 살아갈 수도 없었습니다.

당시에 내가 골몰하고 있던 사마라에 있는 농장에 대해 생각하고 있다가, 문득 다음과 같은 의문이 생겨났습니다. "그래 좋다. 네게는 사마라에 대략 67평방킬로미터나 되는 땅과 300마리의 말이 있다. 그런데 그것이 뭐 어쨌다는 것이냐?" 나는 몹시 혼란스러워져서 갈피를 잡을 수 없었고, 그 다음에 무엇을 생각해야 할지를 몰랐습니다.

나의 자녀들을 어떤 식으로 교육시켜야 할지를 생각하며 계획을 세우고자 하면, "도대체 무엇 때문에 그렇게 해야 하는데?"라는 의문이 내 안에서 불쑥 올라왔고, 어떻게 하면 농부들이 더 잘살 수 있게 할 수 있을까를 생각하다 보면, "그런데 그 일이 나와 무슨 상관이 있는데?"라는 의문이 갑자기 올라오기도 했습니다.

내가 쓴 글과 책들이 내게 가져다준 명성에 대해 생각할 때는 이런 의문이 들었습니다. "그래, 좋다. 네가 고골리나 푸쉬킨이나 셰익스피어나 몰리에르, 아니 이 세상의 모든 작가들보다 더 유명해질 것이라고 하자. 하지만 그게 뭐 어쨌다는 것이냐?"

그리고 나는 이런 의문들에 대해 그 어떤 대답도 발견할 수 없었습니다. 이런 의문들은 미룰 수 없는 것이었고, 당장 대답되어야 할 것이었습니다. 이 의문들에 대한 대답을 발견하지 못한다면, 내가 살아가는 것 자체가 불가능했기 때문이었습니다. 그러나 대답은 없었습니다.

내가 그동안 발을 딛고 서 있던 토대가 밑으로 꺼져서 없어져 버려서 내 발 밑에는 아무것도 남아 있지 않은 것 같이 느껴졌습니다. 내가 그동안 의지해서 살아 왔던 모든 토대는 이제 더 이상 존재하지 않았고, 남아 있는 것은 아무것도 없었습니다.

제 4 장

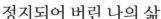

정지되어 버린 나의 삶

나의 삶은 정지되어 버렸습니다. 나는 숨 쉬고 먹고 마시고 잠잘 수는 있었습니다. 살아 있는 한, 그런 것들을 하지 않을 수는 없었으니까요. 하지만 내게 삶은 없었습니다. 내가 이 땅에서 꼭 이루어야 한다고 생각되는 것, 그래서 내가 진정으로 이루고 싶은 것이 하나도 없었기 때문이었습니다. 내 마음속에서 원하는 어떤 것이 있어도, 내가 그것을 이루든 못 이루든 그 결과는 무의미할 것임을 나는 미리 알고 있었습니다.

당시에 요정이 내게 나타나서 내 소원을 이루어 주겠다고 했어도, 나는 무슨 소원을 말해야 할지를 몰랐을 것입니다. 술에 취해 있는 동안에는 내 안에 남아 있던 이전의 습성이 올라와서 소원까지는 아니지만 내가 원하는 어떤 것이 느껴지기도 했지만, 술에서 깨어나서 제정신으로 돌아오는 순간, 나는 그것은 기만이자 허구이고, 내가 진정으로 원하는 것은 아무것도 없다는 것을 또다시 재확인하게 될 뿐이었습니다.

심지어 내게는 진리를 알고자 하는 의욕조차도 없었습니다. 진리가 무엇인지를 내가 이미 짐작하고 있었기 때문인데, 그 진리라는 것은 인생은 무의미하다는 것이었습니다.

내가 처한 상황은 내가 지금까지 인생길을 강행군해서 걷고 또 걸어왔는데, 막상 내 눈 앞에 나타난 것은 막다른 절벽이었고, 내 앞에는 멸망 외에는 아무것도 없다는 것을 분명하게 보게 된 것과 같았습니다. 멈춰 서는 것도 불가능했고, 다시 되돌아가는 것도 불가능했으며, 내 앞에는 오직 고통과 진정한 죽음, 즉 완전한 멸절 외에는 아무것도 없다는 현실을 보지 않기 위해 눈을 질끈 감아 버리는 것도 불가능했습니다.

건강했고 운 좋은 삶을 살아 왔던 내가 이제 더 이상 살아가는 것이 불가능하다고 느끼는 처지가 되어 버린 것이었습니다. 어떤 불가항력적인 힘이 어떻게 해서든지 내게서 삶을 제거하려고 나를 몰아붙이고 있다고 느꼈습니다. 하지만 내가 자살하고자 했다고 말할 수는 없습니다. 나를 삶에서 끌어내고자 한 힘은 내가 살고자 하거나 살고 싶지 않다고 하는 단순한 나의 욕구를 뛰어넘는 훨씬 더 강력하고 포괄적이며 전반적으로 미치는 힘이었습니다. 그것은 전에 나로 하여금 끈질기게 삶을 추구하게 만든 것과 같은 그런 힘이었고, 단지 방향만 정반대로 바뀐 것일 뿐이었습니다. 내 안에서 그 힘은 나를 삶에서 끌어내리려고 전력을 다했습니다.

전에는 어떻게 하면 내 삶을 나아지게 할 수 있을지를 생각하는 것이 자연스러운 것이었듯이, 지금은 어떻게 하면 내 삶에서 벗어날 수 있을까를 생각하다가 자연스럽게 자살에 생각이 미쳤습니다. 자살이 나를 유혹하고 내게 너무나 매력적으로 다가왔기 때문에, 나는 너무 성급하고 경솔하게 자살을 실행에 옮기지 않기 위해서, 내가 지금 당장 자살하지 않아야 할 이유들을 생각해 내는 꼼수를 부리지 않을 수 없었습니다.

나는 어떻게 해서든지 이 문제의 얽힌 실타래를 풀어내기를 원했기 때문에 경솔하게 자살을 감행하고자 하지 않았습니다. 자살은 언제든지 할 수 있기 때문에, 이 문제를 풀기 위해 모든 노력을 다해 보았어도 해결할 수 없었을 때, 그 때 가서 사살을 감행해도 늦지 않다고 생각했습니다. 내가 행복했던 시절에 밤마다 혼자서 옷을 벗기 위해 내 방에 칸막이를 해서 탈의실을 설치하려고 대놓았던 대들보에 충동적으로 목을 매는 일이 없게 하기 위해 내 방에서 노끈 같은 것들을 치워 버린 것도 이 때였고, 내 삶을 아주 쉽게 끝내 버리려는 유혹을 막기 위해 총을 가지고 사냥을 나가는 것을 그만둔 것도 이 때였습니다.

내가 무엇을 원하는지를 내 자신도 알지 못했습니다. 나는 사는 것이 두려웠고 삶에서 도피하고자 했지만, 여전히 삶에서 무엇인가를 기대했습니다.

이 모두 일이 내게 일어난 것은 내가 모든 면에서 완벽한 행복이라고 여겨지던 것들에 둘러싸여 있던 때였습니다. 내 나이는 아직 채 오십이 되지도 않았습니다. 내게는 나를 사랑하고 내가 사랑하는 좋은 아내와 착한 아이들이 있었고, 내가 별 수고를 하지 않아도 저절로 내 재산을 불려 주는 큰 부동산도 있었으며, 친지들과 지인들로부터는 과거 그 어느 때보다도 더 큰 존경을 받고 있었고, 나 스스로를 그리 기만하지 않아도 나를 모르는 많은 사람들 사이에서 내 이름은 유명했고 칭송을 받고 있었습니다. 게다가 나는 정신병에 걸리거나 정신이상 증세를 보이는 것과는 거리가 멀었고, 그런 것과는 정반대로 나와 같은 부류의 사람들에게서는 거의 찾아볼 수 없을 정도로 건강하고 튼튼한 몸과 마음을 지니고 있었습니다. 육체적으로는 논과 밭에서 일하는 농부들 못지않은 체력을 지니고 있었고, 정신적으로는 한 번에 여덟 시간이나 열 시간 동안 앉아서 작업을 해도 전혀 무리가 없었습니다.

그런 상황에서 내게 이런 일이 일어났고, 나는 살아가는 것이 불가능했습니다. 그래서 죽음의 충동으로 인해 스스로 자살을 감행하지 않으려고 이런저런 수단들을 강구해야만 했습니다.

"나의 삶은 누군가가 내게 앙심을 품고서 나를 가지고 놀며 우롱하는 그런 것인 것 같다"고 생각하는 것이 나의 정신 상태였습니다. 나는 "누군가"가 나를 창조했다는 것을 인정하지 않았지만, 그럼에도 불구하고 누군가가 나를 이 세상에 갖다 놓고서 악의적으로 희롱하며 우롱해 왔다고 말하는 것이 나의 상태를 가장 잘 표현하는 것이고, 내게 드는 가장 자연스러운 생각이라고 여겼습니다.

누군가가 어딘가에서 내가 살아온 30년 또는 40년의 세월 동안 나를 지켜보면서 즐기고 있다는 생각이 내 안에서 저절로 올라왔고, 그런 생각을 떨쳐 버릴 수 없었습니다. 그 오랜 세월 동안 악착 같이 많은 것들을 배우고 발전해서 나의 몸과 마음을 성장시켜 왔고, 그 결과 이제는 성숙한 정신세계를 가지고서 내 인생 전체를 내려다볼 수 있는 정상에 올라왔다고 생각했는데, 정작 내가 서 있는 곳은 절벽이었고, 거기에서 인생에는 과거에도 아무것도 없었고 지금도 아무것도 없으며 앞으로도 아무것도 없을 것임을 똑똑히 보고서, 나는 그동안 누군가에 의해 완전히 바보 같이 우롱당해 왔고, 지금도 그가 그런 나의 모습을 보며 비웃고 있다는 느낌에서 벗어날 수 없었습니다.

그러나 나를 보며 비웃고 있는 "누군가"가 존재하든, 아니면 존재하지 않든, 어느 쪽이 진실이라고 해도, 나는 내 삶 전체만이 아니라 나의 단 하나의 행위에도 전혀 의미를 부여할 수 없었기 때문에, 나의 처지는 더 나아질 수도 없고, 내 마음이 더 편해질 수도 없었습니다.

다만 내가 이상하게 여긴 것은 인생에 대한 이러한 진리가 아주 오래

선부터 모든 사람들에게 알려져 있었을 것인데, 내가 그린 진리를 왜 처음부터 알지 못했던가 하는 것이었습니다. "오늘이나 내일 질병과 죽음이 내가 사랑하는 사람들이나 내게 닥쳐올 것이고(아니, 그런 것들은 이미 닥쳐왔다), 부패로 인한 악취와 구더기 외에는 아무것도 남지 않게 될 것이다. 그리고 조만간 내가 한 일들은 그것들이 무엇이든지 간에 잊혀져서 흔적도 없이 사라지게 될 것이다. 그런데 왜 나는 계속해서 어떤 일들을 해야 하는가? 사람들은 분명히 그런 사실을 잘 알고 있을 텐데, 어떻게 아무렇지도 않게 계속해서 살아가고 있는 것인가?" 이것은 내게 정말 이상하고 놀라운 일이었습니다!

사람은 오직 삶에 취해 있는 동안에만 살아갈 수 있습니다. 하지만 거기에서 깨어나서 제정신으로 돌아오는 순간, 삶은 그저 사기극일 뿐이고 어리석은 미망에 지나지 않는다는 것을 알지 못하는 것은 불가능합니다. 인생이라는 것은 바로 그런 것입니다. 거기에는 즐거움이나 지혜로움은 전혀 없고 오직 잔인함과 어리석음만이 있을 뿐입니다.

동양의 옛 우화에 들판에서 맹수에게 습격을 당한 나그네에 관한 이야기가 있습니다. 나그네는 맹수를 피해서 물이 없는 마른 우물 속으로 들어갔다가, 그 우물 바닥에서 그를 삼키려고 입을 벌리고 있는 용을 보았습니다. 이 억세게 운 없는 사람은 맹수에게 찢겨 죽을까봐 우물 위로 기어서 올라올 수도 없고, 용에게 잡혀 먹힐까봐 우물 바닥으로 내려갈 수도 없어서, 우물 중간의 틈새에서 자라난 나무의 가지를 붙잡고서 거기에 매달려 있었습니다. 나뭇가지를 붙잡고 있던 그의 손에서는 점점 힘이 빠져나가서, 얼마 안 있어서 그는 우물 위와 아래에서 자기를 기다리고 있는 맹수나 용에게 꼼짝없이 죽게 될 것임을 직감했지만, 그래도 여전히 있는 힘을 다해 매달려 있었습니다. 그런데 그 때 검은 쥐와 흰 쥐가 나타나서, 그가 매달려 있던 나뭇가지를 갉아먹기 시작했습니다. 이제 곧 나뭇가지가 뚝 하고 부러질 것이고, 그는 용의 쩍 벌린 입 속으로 떨어지게 될 것이었습니다. 나그네는 자기가 죽게 될 수밖에 없다는 것을 알았지만, 그런 와중에서도 나뭇가지에 매달려서 주위를 둘러보다가 그 가지에 달린 잎사귀들에 꿀이 몇 방울 있는 것을 발견하고서는 혀를 내밀어 그 꿀을 핥아 먹었습니다.

나의 모습도 마찬가지로 조금 후에는 죽음의 용이 나를 기다리고 있다가 갈기갈기 찢어 버릴 것을 뻔히 알면서도 삶의 나뭇가지에 대롱대롱 매달려 있는 것이었습니다. 그리고 나는 내가 왜 이런 고통스러운 상황 속으로 떨어져 있게 되었는지를 이해할 수 없었습니다. 전에는 나의 고통을 덜어 주는 꿀들을 핥아 먹으려고 했지만, 그 꿀들은 이제 더 이상 내게 즐거움을 주지 못하였고, 낮과 밤이라는 흰 쥐와 검은 쥐는 내가 매달려 있는 나뭇가지를 갉아먹고 있었습니다. 나는 용을 분명하게 보았기 때문에, 꿀은 내게 더 이상 달콤하지 않았습니다. 내 눈에는 오직 내가 피할 수 없는 용과 쥐들만이 보였고, 나는 그것들로부터 내 시선을 뗄 수 없었습니다. 그리고 이것은 사람들이 지어낸 우화가 아니라, 모든 사람이 알고 있지만 그 해답을 찾을 수 없는 엄연한 현실이었습니다.

전에 내게 삶의 기쁨을 주어서 용에 대한 나의 두려움을 덜어 주었던 속임수들은 이제 더 이상 나를 속일 수 없기 때문에 내게 통할 수 없었습니다. 다른 사람들이 내게 "삶의 의미는 원래 이해할 수 없는 것이기 때문에 거기에 대해 생각하지 말고 그저 살아가라"고 아무리 입이 닳도록 말해 주어도, 나는 이제 더 이상 그렇게 할 수 없게 되었습니다. 이미 너무나 오랫동안 그렇게 살아와서, 이제는 낮과 밤이 나를 죽음으로 몰아가고 있는 것을 애써 외면하고 보지 않을 수 없게 되었습니다. 지금 내게 보이는 것은 오직 그것뿐입니다. 오직 그것만이 진실이고, 다른 모든 것은 거짓이기 때문입니다.

니로 하여금 다른 그 어떤 것들보다도 더 오랫동안 이 잔인한 진리로부터 나의 눈을 돌리게 만들었던 가족에 대한 사랑과 글쓰기에 대한 사랑이라는 두 방울의 꿀도 이제는 더 이상 내게 달콤한 것이 되지 못하였다.

나는 속으로 "가족이라?"고 말해 보았습니다. 하지만 내 가족인 아내와 자녀들도 사람이기 때문에 나와 똑같은 처지에 놓여 있습니다. 그들은 거짓 속에서 살아가든지, 아니면 끔찍한 진리를 보지 않으면 안 됩니다. 그들은 무엇을 위해 살아가야 하고, 나는 왜 그들을 사랑하고 보호하며 키우고 지켜보아야 합니까? 그들은 결국 내가 겪고 있는 이 절망에 도달하게 되든지, 아니면 계속해서 속아서 살아가야 하지 않습니까? 나는 그들을 사랑하기 때문에, 그들이 한 걸음 한 걸음 더 알아갈수록 진실에 도달하게 될 것이고, 그 진실은 죽음이라는 사실을 그들에게 숨길 수 없습니다.

예술과 시는 또 어떠합니까? 나는 성공과 사람들의 찬사가 좋아서, 머지않아 죽음이 찾아와서 내가 한 일들과 거기에 대한 기억을 포함한 모든 것을 파괴한다고 할지라도, 글을 쓰는 일은 사람이 해볼 만한 일이라고 오랫동안 확신해왔습니다. 그러나 이내 나는 이것도 사기라는 것을 알았습니다. 예술은 삶을 아름답고 매력있게 해주는 것임은 내게 분명했습니다. 그러나 이제 내게는 삶 자체가 매력을 상실했는데, 어떻게 내가 다른 사람들에게 삶의 매력을 보여 줄 수 있겠습니까?

내가 내 자신의 삶을 살지 않고 누군가 다른 사람의 삶에 얹혀서 대충 살아가면서, 무엇이라고 분명하게 표현할 수는 없어도, 삶이 의미가 있다고 믿고 있던 동안에는, 온갖 예술과 시를 통해 삶을 그려내는 일은 내게 즐거움을 주었습니다. 예술이라는 거울을 통해서 삶을 바라보는 것은 즐거운 일이었습니다. 그러나 내가 삶의 의미를 찾아 나서기 시작하고, 내 자신의 삶을 살아야 할 필요성을 느끼게 되자, 그 거울은 내게 불필요하고 쓸데없으며 우스꽝스럽고 고통스러운 것이 되어 버렸습니다.

이제 나는 그 거울 속에서 내 모습이 바보 같고 절망적이라는 것을 보기 때문에, 내가 그 거울 속에서 보는 것은 더 이상 내게 위안이 될 수 없었습니다.

내 영혼의 깊은 곳에서 내 삶은 의미가 있다고 믿었을 때에는 그 거울을 통해 보는 것이 즐거운 일이었습니다. 그 때에는 삶 속에서 생겨나는 희극의 빛, 비극의 빛, 감동적인 빛, 아름다운 빛, 무서운 빛이 그 거울 속에서 어우러진 모습은 내게 즐거움과 위로가 되어 주었습니다. 그러나 인생이 무의미하고 끔찍한 것을 알게 되자, 그 거울 속의 모습은 더 이상 내게 기쁨이 될 수 없었습니다. 내가 내 밑에서 입을 쩍 벌린 용을 보고, 내가 매달려 있는 나뭇가지를 쥐들이 갉아먹는 것을 보았을 때, 전에 꿀이 주던 달콤함은 더 이상 내게 달콤함일 수 없었습니다.

하지만 그것이 전부가 아니었습니다. 내가 단지 삶이 의미가 없다는 것만을 알았고, 그 이상의 생각을 하지 않았다면, 그것이 내 운명이려니 하며 묵묵히 그 무게를 견디며 살아갈 수 있었을 것입니다. 하지만 나는 그것으로 만족할 수 없었습니다. 만일 내가 출구가 없는 숲에 갇혀 살아가는 사람과 같았다면, 그 숲에서 그럭저럭 살아갈 수 있었을 것입니다. 그러나 나는 그 숲에서 길을 잃어버리고서, 내가 길을 잃어버렸다는 사실에 공포에 사로잡혀서 이리 뛰고 저리 뛰며 길을 찾으려고 하는 사람과 같았습니다. 그런 사람은 자기가 길을 찾기 위해 이리저리 뛰어다닐수록 더욱더 미로에 빠질 수밖에 없다는 것을 알지만, 그럼에도 불구하고 어쩔 수 없이 그렇게 할 수밖에 없습니다.

그것은 정말이지 끔찍한 일이었습니다. 그리고 나는 그 공포에서 벗어나기 위해 자살을 원했습니다. 나는 나를 기다리고 있는 것을 생각했을 때 공포를 경험했고, 그 공포는 내가 당시에 처해 있던 처지보다 한층 더 끔찍한 것이었지만, 그런데도 가만히 참고 그 끝을 기다릴 수는 없었습니다. 곧 내 심장이나 다른 어떤 것이 파열되어서 모든 것이 끝나게 될 것이라는 논리가 아무리 설득력이 있는 것이라고 해도, 나는 가만히 참고 그 끝을 기다릴 수 없었습니다. 어둠의 공포는 너무나 컸고, 나는 노끈이나 총알로 가능한 한 빨리 그 공포로부터 벗어나고 싶었습니다. 그것이 나를 아주 강력하게 자살로 이끌었던 감정이었습니다.

제 5 장

학문과 나의 삶에 대한 의문들

"하지만 내가 무엇인가를 간과하거나 오해한 것은 아닐까?" 나는 여러 번 내 자신에게 묻곤 했습니다. "이런 절망의 상태가 인간에게 자연스러운 것일 리가 없다!" 그리고 인간이 지금까지 습득해 온 온갖 분과의 지식 속에서 그런 문제들에 대한 설명을 찾아보았습니다. 나의 그러한 탐색은 고통스럽고 길게 이어졌습니다. 나는 한가로운 호기심이나 건성으로 대충 찾아본 것이 아니라, 마치 물에 빠진 사람이 지푸라기라도 잡는 심정으로 아주 절실하게 밤낮으로 끈질기고 집요하게 고통스러운 탐색을 했지만, 아무것도 발견할 수 없었습니다.

모든 학문을 샅샅이 뒤져서 찾아보았지만, 내가 원하는 것을 발견하기는커녕, 도리어 나와 같은 처지에 있던 모든 사람들이 과거에도 삶의 의미에 대한 해답을 지식 속에서 찾다가 결국에는 아무것도 발견하지 못했으리라는 것, 그리고 그들은 단지 아무것도 찾지 못했을 뿐만 아니라, 나를 절망에 빠뜨린 바로 그것, 즉 삶의 무의미함이야말로 인간이 알 수 있는 유일하게 확실한 것임을 분명하게 알고 인정했으리라는 것을 확신하게 되었습니다.

나는 어디에서나 이 문제에 대한 해답을 찾고자 했습니다. 그리고 내가 학문 세계에서 보낸 세월과 학계에서의 친분 덕분에 다양한 분야의 학자들을 만날 수 있었고, 그들은 책들만이 아니라 대화를 통해서 기꺼이 자신들이 알고 있는 지식을 내게 보여 주었기 때문에, 나는 인간의 학문과 지식이 삶의 의미라는 이 문제에 대해 말해 주는 모든 것을 알 수 있었습니다.

나는 인간의 학문과 지식이 삶의 문제들에 대해 당시에 제시하고 있는 것 외에 다른 대답을 주지 않는다는 것을 오랫동안 믿을 수 없었습니다. 학자들이 인생의 실제적인 문제들과는 아무런 관련이 없어 보이는 연구 결과물들을 중대한 것으로 여기고서 진지하게 발표하는 것을 보고서, 거기에는 내가 이해하지 못한 무엇인가가 있을 것이라고 생각했기 때문에, 나는 오랫동안 학문 앞에서 겁을 집어먹었습니다. 그래서 삶에 대해 내가 제기한 의문들과 학문들의 대답이 부합하지 않는 일이 일어나는 것은 학문의 잘못이 아니라 내 무지 때문이라고 여겼습니다.

그러나 삶에 대한 나의 의문들은 내게 어떤 흥밋거리나 소일거리가 아니라 생사를 건 문제였습니다. 그래서 마침내 나는 내가 제기한 의문들은 유일하게 합법적인 질문들이고, 따라서 모든 지식의 토대가 되는 것이 마땅하기 때문에, 지금까지 학문들이 이 의문들에 제대로 대답해 주지 않은 것이라면, 그 잘못은 내가 제기한 의문들에 있는 것이 아니라 학문들 자체에 있다는 결론을 내릴 수밖에 없었습니다.

오십의 나이에 나를 자살 직전으로 몰고 갔던 나의 의문은 우매한 아이에서 지극히 지혜로운 나이 많은 현자에 이르기까지 모든 사람의 마음속에 자리 잡고 있는 아주 간단한 것이었고, 내 경험에 비추어 보았을 때 사람이라면 거기에 대한 대답을 발견하지 않고는 살아가는 것이 불가능한 그런 것이었습니다. 그 의문은 이런 것이었습니다. "내가 오늘 하고 있는 일이나 내일 하게 될 일의 결국은 무엇인가? 내 인생 전체의 결국은 무엇인가?"

이 질문을 다른 식으로 표현해 보면 다음과 같이 될 것입니다. "왜 나는 살아가는 것인가? 왜 나는 어떤 것을 원하거나 행하는 것인가?" 또한 이 질문은 이렇게 표현해 볼 수도 있습니다. "내 인생 속에는 나를 기다리고 있다가 반드시 내게 찾아올 죽음으로도 파괴되거나 사라지지 않는 어떤 의미가 존재하는가?"

이렇게 다양하게 표현되기는 하지만 어떤 식으로 표현해도 결국은 동일한 이 의문에 대한 대답을 나는 학문에서 찾아보았습니다. 그리고 인간의 모든 지식이 그 질문과 관련해서 정반대의 두 개의 영역으로 나뉘어 있고, 각각의 영역에는 축이 하나씩 있는데, 하나는 부정적인 축이고 다른 하나는 긍정적인 축이지만, 어느 축에도 삶의 의문들에 대한 대답이 존재하지 않는다는 것을 발견했습니다.

한 축을 중심으로 한 일련의 학문들은 이 의문을 인정하지 않지만, 자신이 독자적으로 제기한 질문들에는 분명하고 정확하게 대답을 해주는 듯이 보이는데, 이것은 실험 학문들이고, 그 정점에는 수학이 있습니다. 다른 한 축을 중심으로 한 일련의 학문들은 이 의문을 인정하지만 대답해 주지는 않는데, 이것은 추상 학문들이고, 그 정점에는 형이상학이 있습니다.

나는 아주 어릴 때부터 추상 학문들에 관심이 많았고, 나중에는 수학과 자연과학에 마음이 끌렸습니다. 그래서 삶의 의미에 대한 의문이 내 안에서 점점 힘을 키우고 자라나서 그 분명한 모습을 드러내면서 내게 해법을 찾아내라고 절박하게 요구할 때까지, 나는 학문들이 주는 거짓 대답들로 만족하며 살았습니다.

실험 학문의 영역 속에서는 나는 내 자신에게 이렇게 말했습니다. "모든 것은 복잡성과 완전성을 향하여 움직이면서 발전하고 분화되며, 이 운동을 지배하는 법칙들이 존재한다. 너는 그 전체의 일부이다. 따라서 가능한 한 그 전체를 배우고 진화의 법칙을 배운다면, 너는 그 전체 속에서 너의 위치를 알게 될 것이고 네 자신을 알게 될 것이다." 말하기도 부끄러운 일이기는 하지만, 내게는 그런 생각으로 그럭저럭 만족하며 살았던 시절이 있었습니다.

그리고 그 시절은 내 자신이 발전해 나가면서 내 사고가 점점 복잡해져가던 때였습니다. 나의 근육은 자라가고 튼튼해져가고 있었고, 나의 기억력은 풍부해져가고 있었으며, 나의 사고력과 이해력은 커져가고 있었습니다. 나는 점점 성장하고 발전해가고 있었습니다. 내가 내 자신에게서 그런 성장을 느끼고서, 그것이 보편적인 법칙이고, 내 삶의 의문에 대한 해법을 거기에서 찾아야 한다고 생각한 것은 자연스러운 일이었습니다.

그러나 내 안에서의 성장이 멈춰 버린 때가 찾아왔습니다. 나는 내가 발전하고 있는 것이 아니라 퇴보하고 있으며, 내 근육은 약화되고 나의 치아들은 빠져나가고 있다고 느꼈습니다. 그리고 그 법칙은 내게 아무것도 설명해 줄 수 없을 뿐만 아니라, 그런 법칙은 처음부터 존재하지도 않았고 존재할 수도 없었다는 것, 내가 나의 삶의 일정 시기에 내 자신 속에서 발견한 법칙을 너무나 당연하게 보편적인 법칙으로 여겨 버린 것이었음을 알았습니다.

나는 그 법칙에 대한 정의를 좀 더 엄격하게 검토해보았고, 내게는 끝없이 무한히 발전해나간다는 법칙은 존재할 수 없다는 것이 분명해졌고, "모든 것은 무한한 시간과 공간 속에서 점점 더 완전해지고 복잡해져 분화되어 간다"고 말하는 것은 실제로는 아무것도 말하지 않는 것임이 분명해졌습니다. 그런 말은 아무런 의미도 없는 공허한 말에 불과했습니다. 무한한 시간과 공간 속에는 복잡한 것도 없고 단순한 것도 없으며, 진보하는 것도 없고 퇴보하는 것도 없으며, 더 나아지는 것도 없고 더 나빠지는 것도 없기 때문입니다.

무엇보다도 가장 중요했던 것은 내 자신에 대한 의문, 즉 "온갖 욕망을 지닌 나라는 존재는 도대체 무엇인가"라는 의문에 대한 대답을 내가 여전히 얻지 못하고 있었다는 것입니다. 나는 온갖 학문들이 주는 지식이 아주 흥미롭고 매력적이라는 것은 알았지만, 그 지식들은 삶의 의문에 대한 적용가능성과 반비례해서 더 정확하고 명확한 지식이 된다는 것도 알았습니다. 즉, 학문에 의한 지식들은 삶의 의문들과 상관이 없을수록 더 정확한 지식이 되었고, 삶의 의문들에 대한 해답을 제시하려고 애쓸수록 더 모호해지고 덜 매력적이 됩니다.

삶의 의문들에 대한 해답을 제시하고자 하는 학문들인 생리학과 심리학, 생물학과 사회학으로 눈을 돌리는 순간, 우리는 그런 학문들 속에서 깜짝 놀랄 만한 사상의 빈곤, 명료성이 결여된 극도의 모호성, 자신들의 능력 밖에 있는 문제들을 해결하고자 하는 너무나 터무니없고 주제넘은 시도들, 사상가들 간의 끊임없는 충돌과 상충은 물론이고 한 사상가 자신 내에서의 모순을 만나게 됩니다.

하지만 삶의 의문들을 해결하는 데 관심을 두지 않고, 오로지 그들 자신의 특별한 학문적인 질문들에 대해서만 대답을 주고자 하는 학문들로 눈을 돌리면, 우리는 인간 지성의 능력에 매료되지만, 그런 학문들이 삶의 의문들에 대해 답을 주지 않는다는 것을 이미 압니다.

그런 학문들은 삶의 의문들을 아예 처음부터 무시해 버리고 이렇게 말합니다. "당신이 어떤 존재이고 왜 살아가는 것인가 하는 의문에 대해서 우리는 아무런 대답도 갖고 있지 않고, 그런 문제에 휘말려들고 싶지도 않다. 하지만 당신이 빛을 지배하는 법칙들이나 화학적 결합에 대한 법칙들이나 유기체의 발달과정을 지배하는 법칙들을 알고자 하고, 물리적인 사물들과 그 형태를 지배하는 법칙들이나 부피와 질량 간의 관계를 지배하는 법칙들을 알고자 하며, 당신 자신의 사고를 지배하는 법칙들을 알고자 한다면, 우리는 그 모든 것에 대해 명료하고 정확하며 의문의 여지도 없고 반박할 수도 없는 대답들을 갖고 있다."

우리는 실험 학문들과 삶의 의문들의 관계를 전체적으로 다음과 같이 표현할 수 있습니다.

질문 : "나는 왜 살아가는가?"

대답 : "무한한 공간과 무한한 시간 속에서 무한히 작은 입자들이 무한히 복잡하게 변화한다. 당신이 이러한 변화의 법칙들을 이해한다면, 당신이 왜 살아가는지를 이해하게 될 것이다."

다음으로 나는 추상 학문들의 영역으로 옮겨가서는 내 자신에게 이렇게 말했습니다. "온 인류는 인류를 지도하는 정신의 원리들과 이상들에 따라 살아가고 발전해간다. 이 이상들은 종교, 학문, 예술, 정부 형태들 속에서 표현된다. 이 이상들이 점점 더 높아져감에 따라, 인류는 더 큰 행복으로 나아가게 된다. 나는 인류의 일부이기 때문에, 내게 부여된 책무는 그러한 이상들을 인식하고 실현하는 것이다."

나의 지성과 사고가 미약했던 시절에는 나는 그런 정도의 이론만으로도 만족할 수 있었습니다. 그러나 삶에 대한 의문이 내 안에서 분명하게 그 모습을 드러내자마자, 그런 이론은 순식간에 와르르 무너져내려서 가루가 되어 버리고 말았습니다.

그런 이론을 제공한 학문들은 단지 인간의 작은 부분에 대한 연구를 토대로 해서 인간에 대한 일반화된 결론들을 이끌어내는 명확하지 않고 경솔한 태도로 일관하고 있었고, 이 이론을 옹호한 사람들 사이에서도 인간의 이상들이라는 것이 실제로 무엇인가에 대해서 서로 모순되는 견해들을 제시했습니다. 게다가 우리 모두가 직면해 있는 의문, 즉 "왜 나는 살아가는가" 또는 "나는 무엇을 해야 하는가"라는 의문에 대답하기 위해서는, "인류의 삶이라는 것이 무엇인가"라는 의문에 대한 대답을 인류가 거의 알고 있지 못하고 오직 그 대답의 아주 작은 부분만을 찰나적으로 안다고 할지라도, 반드시 그 의문을 먼저 해결해야 한다는 점에서, 이 이론은 어리석은 것임은 말할 것도 없고 이상한 것이었습니다.

인간은 자기가 어떤 존재인지를 이해하기 위해서는 먼저 자신이 어떤 존재인지를 알지 못하는 자기 같은 사람들로 이루어진 인류의 신비 전체를 이해해야 합니다.

이런 이론을 믿었던 시절이 내게 있었다는 것을 나는 고백하지 않을 수 없습니다. 그 시절은 내 마음에 드는 이상들로 나의 변덕들을 정당화하려고 했던 때였고, 나의 변덕들이 인류를 지배하는 법칙이라는 것을 증명해줄 수 있는 이론을 어떻게 해서든지 만들어 내려고 애썼던 때였습니다. 그러나 삶에 대한 의문이 내 안에서 아주 뚜렷하게 생겨나자, 그러한 대답은 그 즉시 공중분해되어서 사라지고 말았습니다.

나는 실험 학문들 내에 순수 학문들도 있고 고유한 연구범위를 뛰어넘는 대답들을 주고자 하는 유사학문들도 있는 것과 마찬가지로, 추상 학문들 내에도 고유한 연구범위를 뛰어넘는 대답들을 주고자 하는 일련의 극히 다양한 학문들이 있다는 것을 깨닫게 되었습니다. 법학이나 사회학이나 역사학 같은 이러한 유사학문들은 모두 각각 자기 나름대로 인류 전체의 삶이라는 문제에 대한 해법이라고 생각하는 것들을 제시함으로써 인간의 삶의 의문들을 풀려고 애씁니다.

그러나 자기가 어떻게 살아가야 하는지를 진지하게 묻는 사람이 실험 학문들이 주는 조언, 즉 무한한 공간과 시간 속에서 무한히 많은 입자들의 무한한 복잡성과 변화를 연구해 보면 된다는 대답으로 만족할 수 없는 것과 마찬가지로, 자기가 어떻게 살아가야 하는지를 진지하게 묻는 사람은 추상 학문들이 그에게 말해 주는 대답, 즉 그가 자신을 이해하기 위해서는 먼저 그 시작이나 끝은 말할 것도 없고 아주 작은 부분에 대해서조차 알려져 있지 않은 인류 전체의 삶을 연구해야 한다는 대답으로 만족할 수 없습니다.

그리고 실험 학문 내에서의 유사학문들의 경우와 마찬가지로, 추상 학문 내에서의 유사학문들도 자신들의 고유한 영역을 벗어날수록, 더욱더 많은 모호함과 정확성의 결여와 터무니없는 것들과 모순되는 것들로 채워지게 됩니다. 실험 학문들이 다루는 문제는 물질 현상 속에서의 일련의 인과관계입니다. 따라서 실험 학문들은 궁극적인 원인이라는 문제를 다루게 되는 순간 터무니없는 것으로 변질되고 맙니다. 추상 학문이 다루는 문제는 인과관계 밖에 있는 삶의 본질에 대한 인식입니다. 따라서 추상 학문이 사회적이거나 역사적인 현상들을 인과관계로 설명하고자 하는 순간 터무니없는 것으로 변질되고 맙니다.

그러므로 실험 학문들은 오직 실증적인 지식만을 다루고, 궁극적인 원인이라는 문제를 연구대상으로 끌어들이지 않을 때에만 인간 지성의 위대함을 드러낼 수 있습니다. 반면에, 추상 학문들은 일련의 인과관계에 대한 질문들을 철저하게 피하고 오직 궁극적인 원인과 관련해서 인간을 연구할 때에만 학문이 될 수 있고 인간 지성의 위대함을 드러낼 수 있습니다.

추상 학문의 영역에 속해 있는 그런 학문의 예로는 형이상학 또는 철학이 있습니다. 이 학문은 다음과 같은 질문을 분명하게 제기합니다. "나는 누구이고, 만유는 무엇이며, 내가 존재하는 이유는 무엇이고 만유가 존재하는 이유는 무엇인가?" 그리고 이 학문은 존재하기 시작한 이래로 늘 동일한 대답을 제시해 왔습니다. 어떤 철학자가 내 안에 존재하고 모든 것 안에 존재하는 삶의 본질을 "이데아", "실체", "영혼", "의지" 등으로 각기 다르게 부르기는 하지만, 그것은 사실 다음과 같은 동일한 것을 말하고 있는 것입니다. 나는 존재하고, 내가 그 본질이라는 것. 하지만 그 철학자는 그 본질이 어떻게 해서 존재하게 되었고 왜 존재하는지에 대해서는 알지 못하고, 그가 진정한 사상가라면 거기에 대답하지 않습니다.

나는 이렇게 물었습니다. "이 본질이 존재하는 이유는 무엇인가? 이 본질이 존재하고 앞으로도 존재할 것이라는 사실이 도대체 뭐 어쨌다는 것인가?" 철학은 이 의문에 대해 대답해 주지 않을 뿐만 아니라, 그 자신도 그 동일한 질문을 계속해서 하고 있을 뿐입니다. 그리고 그렇게 하고 있는 철학이 진정한 철학이라면, 철학의 책무 전체는 오직 이 의문을 명료하게 제시하는 데만 있다고 말할 수밖에 없습니다. 또한 철학이 그것을 자신의 책무로 알고 고수한다면, "나는 무엇이고 만유는 무엇인가"라는 질문에 대해 "모든 것인 동시에 아무것도 아니다"라는 것 외에 다른 대답을 줄 수 없고, "만유가 존재하는 이유는 무엇이고 내가 존재하는 이유는 무엇인가"라는 질문에 대해서는 "나는 알지 못한다"는 대답만을 줄 수 있을 뿐입니다.

따라서 나는 철학이 이런 대답들을 이모저모로 아무리 뜯어보아도, 진정한 대답 같은 것을 조금도 발견할 수 없었지만, 그것은 실험 학문들의 경우처럼 그 대답이 나의 의문과 아무 관련이 없었기 때문이 아니라, 나의 의문을 해결하기 위한 온갖 지적인 시도에도 불구하고 그 대답은 찾을 수 없었고, 결국 그 모든 시도들은 대답을 제시하는 대신에 단지 그 동일한 의문을 한층 더 복잡한 형태로 제기하는 것으로 귀결되었기 때문이었습니다.

제 6 장

현인들의 인생관

삶의 의문에 대한 대답을 찾는 과정에서 내 자신이 마치 숲 속에서 길을 잃은 사람처럼 느껴졌습니다. 그는 마침내 드넓은 벌판으로 나왔고, 거기에서 나무 한 그루를 발견하고서, 그 나무 위로 올라가서 사방을 둘러보았습니다. 그러나 끝없이 광활한 대지만이 펼쳐져 있을 뿐이어서, 거기에는 사람이 사는 인가가 있을 수 없었고 실제로도 인가는 찾아볼 수 없었습니다. 그래서 어쩔 수 없이 저 캄캄한 숲 속으로 다시 걸어들어가지만, 거기에도 온통 어둠만이 있을 뿐이고 인가는 없었습니다.

나도 마찬가지로 인간의 지식이라는 숲 속에서 헤매고 다니다가, 수학적인 지식과 실험 학문들의 지식이 주는 밝은 빛줄기 덕분에 드넓은 지평이 내게 열렸지만, 거기에서는 사람이 사는 인가를 전혀 발견할 수 없었습니다. 그래서 나는 추상 학문의 어둠 속으로 들어갔지만, 그 어둠 속으로 더 깊이 들어가면 갈수록 점점 더 깊은 어둠 속으로 빠져들어갈 뿐이었습니다. 그리고 마침내 나는 거기에도 출구는 존재하지 않고 존재할 수도 없다는 것을 확신하게 되었습니다.

학문이 보여주는 밝은 면에 이끌려서 그 쪽으로 가면 갈수록, 내가 제기한 삶의 의문에 대한 대답으로부터는 점점 더 멀어질 뿐이라는 것을 깨달았습니다. 학문이 내 앞에 펼쳐 보여준 드넓은 지평이 아무리 밝고 매력석인 것이었고, 학문의 온갖 무한한 지식 속에 빠져들고 싶은 유혹이 아무리 강력했을지라도, 그 지식이 명료하면 할수록, 그런 지식은 나의 의문에 대한 대답으로부터는 더욱더 동떨어져 있는 것이어서, 내게는 점점 더 불필요한 것임을 나는 이미 알고 있었습니다.

나는 내 자신에게 이렇게 말했습니다. "그래, 나는 학문이 그토록 끈질기게 알고자 하는 것이 무엇인지를 알았고, 그 길을 따라가서는 내 삶의 의미에 대한 나의 의문에 대답은 존재하지 않는다는 것도 알았다."

그리고 추상 학문의 영역에서 나는 이 학문의 일차적인 목적이 내가 제기한 의문에 대답하는 것이라는 사실에도 불구하고, 아니 바로 그런 이유로, 이 학문은 내가 이미 내 자신에게 제시한 다음과 같은 대답 이외의 다른 그 어떤 대답도 제시하지 못한다는 것을 알았습니다. "내 삶의 의미는 무엇인가? 내 삶에 의미 같은 것은 존재하지 않는다." 또는, "내 삶은 결국 어떻게 되는 것인가? 아무것도 아니다." 또는, "존재하는 모든 것은 왜 존재하는 것이고, 나는 왜 존재하는 것인가? 그냥 존재하는 것이다."

내가 나의 의문들을 가지고 인간 지식의 한 분야를 다루는 어떤 학문을 찾아갔을 때, 내가 얻은 것은 내가 묻지도 않은 것들, 예컨대 별들의 화학적 구성, 헤라클레스 성좌와 관련된 태양의 움직임, 종과 인류의 기원, 무한히 작은 원자들의 형태, 에테르의 상상할 수 없을 정도로 작은 입자들의 형태 등에 대한 무수히 많은 정확한 대답들이었습니다.

하지만 삶의 의미와 관련된 나의 의문에 대해서 이 학문이 제시한 유일한 대답은 이런 것이었습니다. "당신은 당신이 당신의 삶이라고 부르는 것이다. 당신은 입자들이 일시적으로 우연히 집적된 결합체이다. 이 입자들의 상호작용과 변화가 당신 안에서 당신이 삶이라고 부르는 것을 만들어

낸다. 이러한 결합은 오직 한정된 시간 동안만 존재할 수 있다. 이 입자들의 상호작용이 그칠 때, 당신이 삶이라고 부르는 것도 그칠 것이고, 당신의 모든 의문도 소멸될 것이다. 당신은 우연히 결합된 입자들의 덩어리다. 이 덩어리는 그 안에서 상호작용을 일으키고, 그 상호작용은 삶이라 불린다. 하지만 언젠가는 그 덩어리는 분해되고, 상호작용도 끝나게 될 것이고, 그 때가 되면 당신의 모든 의문도 끝나게 될 것이다." 이것이 실험 학문의 명료하고 정확한 측면이 주는 대답이고, 실험 학문이 자신의 원리와 원칙을 엄격하게 지킨다면 이것 이외의 다른 대답을 주는 것은 불가능합니다.

하지만 그런 대답은 나의 의문에 대한 대답이 될 수 없습니다. 나는 내 삶의 의미를 알고 싶고 알아야 하는데, 내 삶이 무한한 것의 한 부분이라는 대답은 내 삶에 그 어떤 의미를 부여해 줄 수 없을 뿐만 아니라, 내 삶에 어떤 의미가 있다는 것조차도 부정해 버리기까지 합니다.

지식의 실험적인 측면은 추상적인 측면과 적당히 타협해서, 삶의 의미는 진보에 있고 이 진보에 동참하는 데 있다고 말하지만, 그러한 대답은 부정확하고 모호하기 때문에 대답이라고 할 수 없습니다.

지식의 다른 측면, 즉 추상 학문의 영역에서는 자신의 원리와 원칙들을 고수한 가운데 이 질문에 대한 직접적인 대답들을 제시할 때에는 모든 시대에 걸쳐서 언제나 다음과 같은 동일한 대답을 제시해 왔습니다. "만유는 무한하고 불가해한 그 무엇이다. 인간의 삶은 이 불가사의한 '전체'의 불가사의한 일부다."

추상 학문들에 있어서도 나는 또다시 이른바 법학, 정치학, 역사학 등과 같은 일련의 유사학문들을 떠받치고 있는 추상 학문과 실험 학문 간의 온갖 타협을 보았습니다. 이 학문들에도 진보와 완전함을 이해함에 있어서 동일한 잘못된 접근방법이 존재합니다. 실험 학문들에서는 만유의 진보에 대해 말하는 반면에, 추상 학문들에서는 사람들의 삶의 진보에 대해 얘기한다는 것만이 유일한 차이점입니다. 따라서 그 오류는 동일합니다. 즉, 진보와 완전함은 무한 속에서는 그 어떤 목표나 방향성을 지닐 수 없고, 나의 의문과 관련해서는 대답이 될 수 없다는 것입니다.

쇼펜하우어가 "교수의 철학"(professorial philosophy)이라고 부른 것, 즉 모든 기존의 현상들을 새로운 철학적 범주들로 분류해서 새로운 이름을 부여하는 역할만을 하는 철학이 아닌 진정으로 추상적인 학문으로서의 참된 철학이 자신의 본분을 고수하여 본질적인 질문을 다룬다면, 그 대답은 소크라테스, 쇼펜하우어, 솔로몬, 석가모니가 제시한 것과 언제나 동일합니다.

소크라테스는 죽음을 준비하면서 이렇게 말했습니다. "우리는 삶에서 더 멀어지는 정도만큼 진리에 더 가까이 가게 된다. 진리를 사랑하는 우리는 삶에서 무엇을 추구하는가? 그것은 육신으로부터 자유롭게 되고 육신의 삶에서 생겨나는 온갖 악으로부터 자유롭게 되는 것이다. 사실이 이러한데, 죽음이 다가올 때, 어떻게 우리가 기뻐하지 않을 수 있겠는가? 현자는 자신의 일생에 걸쳐 죽음을 추구하기 때문에, 죽음은 현자에게 두려운 것이 아니다."

쇼펜하우어는 이렇게 말했습니다. "만유의 내적 본질은 의지(will)이고, 자연의 맹목적인 힘들로부터 인간의 지극히 의식적인 활동에 이르기까지 모든 현상은 이 의지의 객관적 발현이라고 이해한다면, 우리는 이 의지가 자발적으로 자신을 부정하거나 없애버린다면, 모든 현상들을 사라지게 될 것이고, 세계를 존재하게 하는 기반으로서 그 의지의 객관적 발현의 모든 단계에서 목적도 없고 쉼도 없는 끊임없는 고군분투함도 사라지게 될 것이며, 일련의 다양한 형태들도 사라지게 될 것이고, 이 의지가 발현된 온갖 형태들과 더불어서 이 의지의 가장 보편적인 형태인 공간과 시간도 사라지게 될 것이며, 결국에는 이 의지의 가장 기본적인 형태인 주체와 객체도 사라지게 될 것이라는 결론을 결코 피할 수 없게 될 것이다. 의지가 없이는 관념도 없고 만유도 없다. 당연히 우리 앞에는 오직 무(無)만이 남게 된다. 그러나 우리의 본성은 그러한 무로 전환되는 것을 거부하는데, 그것은 우리와 만유를 구성하고 있는 삶을 향한 의지(Will zum Leben)이다. 우리가 무를 두려워한다는 것, 또는 우리가 살고자 한다는 것은 단지 우리 자신이 살고자 하는 이 욕망 이외의 다른 것이 아니고, 그 욕망 이외에는 아무것도 알고 있지 않다는 것을 의미할 뿐이다. 그러므로 만유의 본질인 이 의지가 소멸된 후에는 이 의지로 충만한 우리에게 남게 되는 것은 당연히 무이지만, 자신의 의지를 거스르고 부정한 사람들에게는, 우리가 속해 있는 만유 속에 여전히 태양계와 은하계가 엄연히 존재한다고 할지라도, 그 만유는 무가 되어 버린다."

솔로몬은 이렇게 말했습니다. "헛되고 헛되며 헛되고 헛되니 모든 것이 헛되도다 해 아래에서 수고하는 모든 수고가 사람에게 무엇이 유익한가 한 세대는 가고 한 세대는 오되 땅은 영원히 있도다 …… 이미 있던 것이 후에 다시 있겠고 이미 한 일을 후에 다시 할지라 해 아래에는 새 것이 없나니 무엇을 가리켜 이르기를 보라 이것이 새 것이라 할 것이 있으랴 우리가 있기 오래 전 세대들에도 이미 있었느니라 이전 세대들이 기억됨이 없으니 장래 세대도 그 후 세대들과 함께 기억됨이 없으리라 나 전도자는 예루살렘에서 이스라엘 왕이 되어 마음을 다하며 지혜를 써서 하늘 아래에서 행하는 모든 일을 연구하며 살핀즉 이는 괴로운 것이니 하느님이 인생들에게 주사 수고하게 하신 것이라 내가 해 아래에서 행하는 모든 일을 보았노라 보라 모두 다 헛되어 바람을 잡으려는 것이로다 …… 내가 내 마음 속으로 말하여 이르기를 보라 내가 크게 되고 지혜를 더 많이 얻었으므로 나보다 먼저 예루살렘에 있던 모든 사람들보다 낫다 하였나니 내 마음이 지혜와 지식을 많이 만나 보았음이로다 내가 다시 지혜를 알고자 하며 미친 것들과 미련한 것들을 알고자 하여 마음을 썼으나 이것도 바람을 잡으려는 것인 줄을 깨달았도다 지혜가 많으면 번뇌도 많으니 지식을 더하는 자는 근심을 더하느니라."

"나는 내 마음에 이르기를 자, 내가 시험삼아 너를 즐겁게 하리니 너는 낙을 누리라 하였으나 보라 이것도 헛되도다 내가 웃음에 관하여 말하여 이르기를 그것은 미친 것이라 하였고 희락에 대하여 이르기를 이것이 무슨 소용이 있는가 하였노라 내가 내 마음으로 깊이 생각하기를 내가 어떻게 하여야 내 마음을 지혜로 다스리면서 술로 내 육신을 즐겁게 할까 또 내가 어떻게 하여야 천하의 인생들이 그들의 인생을 살아가는 동안 어떤 것이 선한 일인지를 알아볼 때까지 내 어리석음을 꼭 붙잡아 둘까 하여 나의 사업을 크게 하였노라 내가 나를 위하여 집들을 짓고 포도원을 일구며 여러 동산과 과원을 만들고 그 가운데에 각종 과목을 심었으며 나를 위하여 수목을 기르는 삼림에 물을 주기 위하여 못들을 팠으며 남녀 노비들을 사기도 하였고 나를 위하여 집에서 종들을 낳기도 하였으며 나보다 먼저 예루살렘에 있던 모든 자들보다도 내가 소와 양 떼의 소유를 더 많이 가졌으며 은 금과 왕들이 소유한 보배와 여러 지방의 보배를 나를 위하여 쌓고 또 노래하는 남녀들과 인생들이 기뻐하는 처첩들을 많이 두었노라 내가 이같이 창성하여 나보다 먼저 예루살렘에 있던 모든 자들보다 더 창성하니 내 지혜도 내게 여전하도다 무엇이든지 내 눈이 원하는 것을 내가 금하지 아니하며 무엇이든지 내 마음이 즐거워하는 것을 내가 막지 아니하였으니."

"그 후에 내가 생각해 본즉 내 손으로 한 모든 일과 내가 수고한 모든 것이 다 헛되어 바람을 잡는 것이며 해 아래에서 무익한 것이로다 내가 돌이켜 지혜와 망령됨과 어리석음을 보았나니 …… 그들 모두가 당하는 일이 모두 같으리라는 것을 나도 깨달아 알았도다 내가 내 마음속으로 이르기를 우매자가 당한 것을 나도 당하리니 내게 지혜가 있었다 한들 내게 무슨 유익이 있으리요 하였도다 이에 내가 내 마음속으로 이르기를 이것도 헛되도다 하였도다 지혜자도 우매자와 함께 영원하도록 기억함을 얻지 못하나니 후일에는 모두 다 잊어버린 지 오랠 것임이라 오호라 지혜자의 죽음이 우매자의 죽음과 일반이로다 이러므로 내가 사는 것을 미워하였노니 이는 해 아래에서 하는 일이 내게 괴로움이요 모두 다 헛되어 바람을 잡으려는 것이기 때문이로다 내가 해 아래에서 내가 한 모든 수고를 미워하였노니 이는 내 뒤를 이을 이에게 남겨 주게 됨이라 …… 사람이 해 아래에서 행하는 모든 수고와 마음에 애쓰는 것이 무슨 소득이 있으랴 일평생에 근심하며 수고하는 것이 슬픔뿐이라 그의 마음이 밤에도 쉬지 못하나니 이것도 헛되도다 사람이 먹고 마시며 수고하는 것보다 그의 마음을 더 기쁘게 하는 것은 없나니."

"모든 사람에게 임하는 그 모든 것이 일반이라 의인과 악인, 선한 자와 깨끗한 자와 깨끗하지 아니한 자, 제사를 드리는 자와 제사를 드리지 아니하는 자에게 일어나는 일들이 모두 일반이니 선인과 죄인, 맹세하는 자와 맹세하기를 무서워하는 자가 일반이로다 모든 사람의 결국은 일반이라 이것은 해 아래에서 행해지는 모든 일 중의 악한 것이니 곧 인생의 마음에는 악이 가득하여 그들의 평생에 미친 마음을 품고 있다가 후에는 죽은 자들에게로 돌아가는 것이라 모든 산 자들 중에 들어 있는 자에게는 누구나 소망이 있음은 산 개가 죽은 사자보다 낫기 때문이니라 산 자들은 죽을 줄알되 죽은 자들은 아무것도 모르며 그들이 다시는 상을 받지 못하는 것은 그들의 이름이 잊어버린 바 됨이니라 그들의 사랑과 미움과 시기도 없어진 지 오래이니 해 아래에서 행하는 모든 일 중에서 그들에게 돌아갈 몫은 영원히 없느니라."

솔로몬, 또는 이 글을 쓴 사람은 그렇게 말했습니다.

인도의 현인이 말한 것은 이런 것이었습니다. 병이나 노쇠함이나 죽음을 접해 본 적이 없이 그저 왕궁 안에서 행복한 삶을 살아온 젊은 왕자였던 석가모니가 어느 날 세상 구경을 하기 위해 수레를 타고 궁궐 밖으로나갔다가 이가 다 빠져서 침을 질질 흘리고 있는 흉칙한 몰골을 한 노인을보게 되었습니다. 지금까지 사람이 늙는다는 것에 대해 전혀 알지 못했던왕자는 소스라치게 놀라서 마부에게 이렇게 물었습니다. "이것이 도대체어떻게 된 것인가? 무엇이 저 사람을 저토록 가련하고 역겹고 추악한 모습으로 만들어 놓은 것인가?" 그것이 모든 사람에게 닥쳐 오는 운명이고,자신도 그 운명을 피할 수 없다는 사실을 알게 된 왕자는 더 이상 세상 구경을 할 마음이 싹 사라져서 이 문제를 좀 더 깊이 생각하고 싶은 마음에마부에게 명하여 다시 궁궐로 돌아와서는, 한동안 혼자 방안에 틀어박혀서 그 문제를 골똘히 생각했습니다.

왕자는 깊은 생각 끝에 무슨 해답을 얻었는지, 이전처럼 행복하고 명랑한 모습으로 돌아와서는 또다시 수레를 타고 밖으로 나갔는데, 이번에는병자를 만나게 되었습니다. 그 병자는 깡마른 몸과 창백한 얼굴과 어두침

침한 눈을 해가지고 벌벌 떨고 있었습니다. 병이라는 것을 모르고 살아 왔던 왕자는 마부에게 수레를 멈추게 한 후에 이것이 어떻게 된 것이냐고 물었고, 그것이 병이라는 것이고, 모든 사람이 병에 걸릴 수 있으며, 건강하고 행복한 그조차도 내일이 되면 병에 걸릴 수도 있다는 사실을 알고서는, 또다시 즐거웠던 마음이 사라지고 의기소침해져서 마부에게 명하여 궁궐로 돌아왔습니다. 하지만 이번에도 왕자는 곧 어떤 해답을 찾아낸 것 같았습니다.

왕자는 세 번째로 다시 수레를 타고 밖으로 나왔는데, 이번에도 또다른 새로운 광경, 그러니까 사람들이 무엇인가를 어깨에 메고 가는 것을 목격하게 되었고, "저 사람들이 메고 가는 것이 무엇이냐"고 물었습니다. 마부가 "죽은 사람입니다"라고 대답하자, 왕자는 "죽음이라는 것이 무엇이냐"고 물었습니다. 마부로부터 죽음이라는 것은 저 사람처럼 되는 것이라는 대답을 들은 왕자는 그 사람들에게 다가가서 관을 열고 시신을 보고 나서, "이 사람은 이제 어떻게 되는 것이냐"고 또다시 물었습니다. 마부는 그 사람은 곧 땅에 묻히게 될 것이라고 대답했습니다. "왜 그러느냐?" "그 사람은 이제 다시는 살아나지 못할 것이고, 그 사람에게서는 단지 악취와 구더기만이 생겨날 것이기 때문입니다." "이것이 모든 사람의 운명이란 말이냐? 내게도 이런 일이 일어날 것이란 말이지? 나도 땅에 묻혀 썩어서 악취를 풍기고 구더기에게 갉아먹힐 것이란 거지?" "그렇습니다." "돌아가자! 더 이상 돌아다니고 싶지 않구나. 이젠 다시는 바람 쐬러 나오지 않을 것이다!"

그런 일들이 있은 후로 석가모니는 삶에서 그 어떤 즐거움을 찾을 수 없었고, 삶을 가장 큰 악으로 규정하고서, 자기 자신을 비롯해서 사람들을 그런 삶으로부터 해방시키기 위해 온 힘을 다했고, 죽음 후에도 또다시 다른 곳에서 다시 태어나 또다른 삶을 살게 되는 일이 없도록 삶의 근원 자체를 철저하게 멸해서 해탈에 이르고자 했습니다. 이것이 인도의 모든 현인들이 말하는 것입니다.

이상에서 인간의 지혜가 삶의 의문들에 대해 제시한 대답들을 간단하게 요약하면 이렇습니다.

소크라테스 : "육신의 삶은 악이고 거짓이다. 따라서 육신의 삶의 사멸은 복이기 때문에, 우리는 그것을 갈망해야 한다."

쇼펜하우어 : "삶이라는 것은 존재해서는 안 되는 것이고, 따라서 악이다. 무로 전환되는 것만이 삶에서 유일하게 신성한 것이다."

솔로몬 : "우매함이든 지혜이든, 부유함이든 가난함이든, 행복이든 불행이든, 이 세상에 있는 모든 것은 허망하고 공허한 것이다. 사람은 누구나 죽고, 죽음 후에는 아무것도 남지 않는다. 이 얼마나 허무한 일인가!"

석가모니 : "고통과 병과 노쇠함과 죽음을 피할 수 없다는 것을 알면서 살아가는 것은 불가능하다. 우리는 삶으로부터 벗어나야 하고 삶의 모든 가능성으로부터도 벗어나야 한다."

이런 말들은 단지 이 뛰어난 현인들만이 한 것이 아니라, 지금까지 그들과 비슷한 무수한 사람들이 생각하고 말해온 것들입니다. 그리고 나도 그렇게 생각해왔고 느껴왔습니다.

이렇게 학문과 지식의 영역에서 내가 추구하고 섭렵한 것들은 나를 절망으로부터 꺼내주지 못했을 뿐만 아니라, 도리어 그 절망을 더욱 증폭시켰습니다. 어떤 학문 영역에서의 지식은 삶의 의문에 대해서 아예 대답해주지 않았고, 또 다른 학문 영역에서의 지식은 그 나름대로 대답이라는 것을 주었지만, 그런 대답은 단지 나의 절망을 확인해 주고, 내가 도달한 결론이 나의 잘못이나 착각의 결과도 아니고 나의 병적인 정신 상태의 결과도 아니라는 것을 내게 보여 주었을 뿐입니다. 하지만 그 과정에서 어쨌든 나는 내가 생각해왔던 것이 인류의 가장 탁월한 지성들이 도달했던 결론들과 일치한다는 것을 확인함으로써 결코 틀리지 않았다는 것을 확신하게 되었습니다.

자기 자신을 속이고 기만해 보아야 아무 소용이 없습니다. 모든 것은 헛되고 허망합니다. 처음부터 태어나지 않는 것이 가장 행복한 것입니다. 죽음은 삶보다 더 낫습니다. 그러므로 우리는 삶에서 벗어나야 합니다.

제 7 장

인생에 대한 네 가지 접근 방법

나는 학문과 지식 속에서 나의 의문에 대한 대답을 발견할 수 없었기 때문에, 혹시 내 주변의 사람들 가운데서 그 대답을 발견할 수 있을까 해서 삶속에서 대답을 찾아보기로 했습니다. 나와 같은 부류의 사람들이 어떻게 살아가고 있고, 나를 절망으로 이끈 삶의 의문을 그들은 어떤 식으로 다루고 해결했는지를 관찰했습니다.

지금부터 말하고자 하는 것은 교육과 생활양식에 있어서 내 자신과 비슷한 처지에 있는 사람들의 삶 속에서 내가 발견해 낸 것들입니다. 나와 같은 부류의 사람들이 우리 모두가 처해 있는 이 끔찍한 상황으로부터 빠져나오는 방법은 네 가지가 있었습니다.

첫 번째 방법은 "무지"였습니다. 여기에서 무지라는 것은 삶이 악하고 부조리하다는 것을 인식하지 못하거나 깨닫지 못하는 것을 의미합니다. 이 부류에 속한 사람들의 대다수는 여자들이거나 아주 어리거나 아주 미련한 사람들이었는데, 그들은 쇼펜하우어나 솔로몬이나 석가모니가 분명하게 보았던 삶의 문제를 아직 깨닫지 못하고 있었습니다. 나뭇가지에 대롱대롱 매달려 있는 그들 밑에서 그들을 잡아먹기 위해 용이 기다리고 있는 것도 모르고, 그들이 매달려 있는 나뭇가지를 갉아먹고 있는 쥐들도 보지 못한 채로, 자신들의 바로 눈앞에 있는 꿀방울들을 핥아 먹느라 정신이 없었습니다. 그러나 그렇게 꿀을 핥아 먹는 것도 단지 잠시뿐입니다. 그들은 머지않아 어떤 계기를 통해 용과 쥐들을 보게 될 것이고, 꿀을 핥아 먹는 것도 끝나게 될 것입니다. 나는 이 사람들로부터는 배울 수 있는 것이 아무것도 없었습니다. 나는 이미 용도 보았고 쥐들도 보았는데, 그런 것을 보지도 못하고 알지도 못했던 지난날로 되돌아갈 수는 없었기 때문입니다.

두 번째 방법은 "쾌락주의"였습니다. 쾌락주의라는 것은 삶에 소망이 없다는 것을 뻔히 알면서도 용이나 쥐들을 애써 외면하고서 우리가 현재 누릴 수 있는 즐거움들을 가능한 한 최대한도로 누리고, 우리 눈앞의 잎사귀에 잔뜩 묻어 있는 꿀을 최대한 맛있게 핥아 먹는 것입니다.

솔로몬은 이 방법을 다음과 같이 묘사합니다. "이에 내가 희락을 찬양하노니 이는 사람이 먹고 마시고 즐거워하는 것보다 더 나은 것이 해 아래에는 없음이라 하느님이 사람을 해 아래에서 살게 하신 날 동안 수고하는 일 중에 그러한 일이 그와 함께 있을 것이니라 …… 너는 가서 기쁨으로 네 음식물을 먹고 즐거운 마음으로 네 포도주를 마실지어다 …… 네 헛된 평생의 모든 날 곧 하느님이 해 아래에서 네게 주신 모든 헛된 날에 네가 사랑하는 아내와 함께 즐겁게 살지어다 그것이 네가 평생에 해 아래에서 수고하고 얻은 네 몫이니라 네 손이 일을 얻는 대로 힘을 다하여 할지어다 네가 장차 들어갈 스올에는 일도 없고 계획도 없고 지식도 없고 지혜도 없음이니라."

이 두 번째 방법은 우리 같은 부류의 사람들 중 대다수로 하여금 살아갈 수 있게 해주는 버팀목입니다. 그들은 자신들이 처한 사회적으로 좋은 신분이나 형편으로 말미암아 얼마든지 나쁜 일들보다도 좋은 일들이 더 많은 부분을 차지하는 삶을 살아갈 수 있습니다. 그리고 그들의 도딕적인 무감각은 그들로 하여금 자신들의 사회적 신분이나 특권들이 그들에게 우연하게 주어진 것이고, 누구나 다 솔로몬처럼 천 명의 아내를 거느리고 여러 궁전들에서 호화롭게 살아갈 수 있는 것이 아니며, 한 사람이 천 명의 아내를 거느리면 다른 천 명의 남자가 아내 없이 살아야 하고, 궁전 하나를 건설하기 위해서 천 명의 사람들이 이마에 땀을 흘리며 수고해야 했다는 것, 그리고 오늘 그들을 솔로몬으로 만들어 준 그 우연이 내일은 그들을 솔로몬의 노예로 만들 수도 있다는 것을 잊고 살아가게 만들어 줍니다.

그리고 그들의 상상력의 빈곤과 빈약함은 그들로 하여금 석가모니에게 번민을 가져다주었던 것들, 즉 오늘이 아니면 내일 또는 언젠가는 그들에게 찾아와서 그들의 모든 즐거움들을 파괴해 버릴 병과 노쇠함과 죽음을 잊고 살아갈 수 있게 만들어 줍니다.

우리 시대에서 우리와 같은 삶을 사는 부류의 사람들 중 대다수는 그렇게 생각하고 느낍니다. 그런 사람들 중 상당수는 자신의 사상과 상상력의 빈곤을 "실증 철학"이라고 규정하고서 그런 것들을 전혀 문제로 생각하지 않기 때문에, 내 생각으로는 삶의 문제를 전혀 보거나 알지 못한 채로 꿀을 핥아 먹으며 살아가는 첫 번째 부류의 사람들과 별반 다르지 않습니다.

나는 이 두 번째 부류의 사람들도 본받을 수 없었습니다. 나는 그들과 마찬가지로 상상력이 빈곤한 사람인데 인위적으로 내 안에서 삶의 의문을 만들어 낸 것이 아니고, 진지하게 살아가는 모든 사람들처럼, 나도 내가 본 쥐들과 용에게서 눈을 돌려 버리고 외면한 채로 살아갈 수 없었기 때문이었습니다.

세 번째 방법은 "**힘**"으로 해결하려고 하는 것입니다. 여기에서 힘으로 해결하려고 한다는 것은 삶이 악하고 무의미하다는 것을 깨닫고서는 인위적으로 삶을 없애 버리려고 하는 것을 의미하는데, 이것은 자신의 뜻을 관철시키고자 하는 욕구가 강하고 결단력 있는 몇몇 사람들이 취하는 방법입니다. 그들은 삶이 자기를 희롱하고 우롱하며 가지고 노는 철저하게 어처구니없는 상황을 깨닫고서는, 죽은 자들의 행복이 산 자들의 행복보다 훨씬 더 크다는 것과 살지 않는 것이야말로 가장 축복된 일임을 알고서, 거기에 따라 노끈으로 목을 매든지 물에 뛰어들든지 가슴에 비수를 꽂든지 달려오는 열차에 몸을 던지는 등 자신이 사용할 수 있는 모든 수단을 동원해서 이 어처구니없고 부조리한 삶을 즉시 끝내 버립니다.

우리 같은 부류의 사람들 중에서 이런 식으로 행동하는 사람들의 수가 점점 더 늘어나고 있는데, 그들의 지성이 한창 물이 올라 만개하려 하고, 그들의 정신을 타락시키는 습관들이 아직 그들을 물들이기 전인 한창 때에 대체로 그런 일이 벌어집니다. 나도 전에 그렇게 하는 것이 이 삶에서 벗어나는 가장 가치 있는 방법이라고 생각해서 실제로 실행에 옮기려고 했던 적이 있었습니다.

네 번째 방법은 "**약함**"에서 옵니다. 약함으로 인한 방법이라는 것은 사람이 삶은 악하고 허무하다는 것을 알고 삶으로부터 아무것도 나올 수 없다는 것도 이미 알고 있지만, 그럼에도 불구하고 그런 삶에 매달리는 것을 의미합니다. 이 범주에 속한 사람들은 죽음이 삶보다 더 낫다는 것을 알지만, 이성을 그대로 실행에 옮겨서 자살함으로써 이 기만적인 삶을 신속하게 끝장내는 데 필요한 결단력과 강단이 결여되어 있어서, 우리의 삶에는 그래도 뭔가가 있지 않을까 하는 일말의 기대감을 버리지 않고 시간을 끌며 기다립니다.

이것은 연약함에서 나오는 방법입니다. 내가 더 나은 것을 알고 있고, 얼마든지 그것을 실행에 옮길 수도 있는데, 그렇게 하지 않는 이유는 무엇이겠습니까? 나는 이 범주에 속해 있었습니다.

나는 나와 같은 부류의 사람들이 삶이 지닌 이 끔찍한 모순으로부터 벗어날 수 있는 방법으로 이렇게 네 가지를 사용한다는 것을 알았습니다. 아무리 내 머리를 짜내어 봐도 이 네 가지 방법 외에 그 다른 어떤 방법도 찾아낼 수 없었습니다.

첫 번째 방법을 따르는 사람들은 삶이 무의미하고 헛되고 악하기 때문에 삼지 않는 편이 더 낫다는 사실을 알지 못합니다. 하지만 나는 저절로 그 사실을 알게 되었고, 일단 그것을 안 후에는 그 사실에 대해 눈을 감을 수 없었습니다.

두 번째 방법을 따르는 사람들은 미래에 대해서 외면하고 생각하려고 하지 않는 가운데 오직 현재의 삶을 즐기고자 합니다. 나는 이 방법도 사용할 수 없었습니다. 삶의 고통과 노쇠함과 죽음이 존재한다는 것을 알아 버렸을 때, 석가모니가 그랬던 것처럼 나도 더 이상 말을 타고 사냥이나 다닐 수는 없었습니다. 그렇게 하기에는 나의 상상력은 너무나 비옥했습니다. 게다가, 나는 나의 존재에 찰나적인 즐거움을 가져다주는 저 덧없고 허망한 일들 속에서 즐거움을 느낄 수 없었습니다.

세 번째 방법을 따르는 사람들은 삶이 악하고 부조리하다는 것을 깨닫고서, 자살함으로써 자신의 삶을 끝장냅니다. 나는 삶에 대한 그러한 진실을 알았지만, 자살을 감행할 수는 없었습니다.

네 번째 방법을 따르는 사람들은 솔로몬이나 쇼펜하우어처럼 삶은 우리를 희롱하고 우롱하는 부조리하고 터무니없는 것임을 알면서도, 그럼에도 불구하고 세수하고 옷 입고 음식을 먹고 말하고 심지어 책을 쓰기까지 하면서 계속해서 살아갑니다. 나는 그렇게 하고 있는 내 자신이 역겹고 고통스러웠지만, 그래도 그런 상태로 계속해서 살아갔습니다.

지금 와서 돌이켜 보면 당시에 내가 자살하지 않은 것은 내 생각이 뭔가 잘못되었다는 어떤 막연한 인식이 내게 있었기 때문이었습니다. 아무리 나의 일련의 추론과 우리 모두를 인생은 무의미하다는 결론으로 이끈 인류의 성현들의 사상이 그 누구도 반박할 수 없을 정도로 확실한 것이라고 내가 느꼈다고 할지라도, 나의 추론의 최종적인 결론이 절대적으로 타당하고 옳은 것인가에 대한 일말의 의구심은 여전히 내게 남아 있었습니다.

그 의구심은 이런 것이었습니다. "나, 그러니까 내 이성은 삶이 비합리적이고 무의미하다는 것을 인정하고 있다. 이성보다 더 지고한 것은 존재하지 않고, 그 어떤 것도 그런 것이 존재한다는 것을 증명할 수 없다. 따라서 이성이 가장 지고한 것이라면, 이성은 나의 삶을 만들어 낸 창조주일 것이다. 이성이 없으면 나의 삶도 있을 수 없다. 그런데 삶의 창조자인 이성이 어떻게 삶을 부정할 수 있겠는가? 또는, 이것을 다른 관점에서 생각해 보자. 만일 나의 삶이 없다면, 내 이성도 존재하지 않을 것이고, 이것은 이성이 삶의 아들이다. 삶은 모든 것이고, 이성은 그 열매다. 그런데도 이성이 삶 자체를 부정하고 있다." 나는 이런 추론 속에서 석연치 않은 무엇인가를 느꼈습니다.

나는 속으로 내 자신에게 이렇게 말했습니다. "삶은 무의미한 악이고, 그것은 확실하다. 하지만 나는 살아 왔고 지금도 여전히 살고 있으며, 인류도 살아왔고 지금도 여전히 살고 있다. 어떻게 그럴 수 있는 것인가? 살아가는 것이 무의미해서 살아갈 이유가 없는데도 불구하고, 사람들이 살아가는 이유는 무엇인가? 쇼펜하우어와 나만이 유독 똑똑해서 삶이 무의미하고 악하다는 것을 깨달은 것인가? 삶이 허망하다는 것을 알게 해주는 사고과정은 그리 복잡하고 어려운 것이 아니어서, 모든 단순한 사람들도 이미 오래 전부터 그런 사실을 알고 있었다. 하지만 그런데도 그들은 살아왔고 지금도 여전히 살고 있다. 어떻게 그들은 모두 삶이 무의미하고 악하다는 것을 외면한 채로 살아갈 수 있는 것인가?

학자들의 지식과 성현들의 지혜에 의해 확증된 나의 지식은 이 세계에 존재하는 모든 것은 유기적으로든 비유기적으로든 아주 놀랍고 경이롭게 배열되어 있고, 오직 나의 삶만이 부조리하다는 것을 내게 보여 주었다. 그러나 이 세상에서 살아가는 무수히 많은 단순하고 어리석은 사람들은 이 세계의 유기적이고 비유기적인 배열에 대해서는 아무것도 알지 못한 채로 인생은 매우 의미 있게 구성되어 있다고 느끼며 계속해서 살아가고 있다!"

그러다가 문득 이런 생각이 떠올랐습니다. "내가 아직 알지 못하는 무엇인가가 있을 수 있지 않은가? 지금 내가 생각하는 방식은 정확히 무지가 취하는 태도이다. 무지는 언제나 지금 내가 말하는 식으로 말한다. 즉, 무지는 자기가 어떤 것에 대해서 알지 못하면, 자기가 알지 못하는 그것을 터무니없고 부조리한 것이라고 말한다. 사람이라는 것은 삶의 의미를 알지 못하면 살아갈 수 없기 때문에, 어쨌든 인류는 삶의 의미를 알고 있었기 때문에 과거에도 살아왔고 지금도 여전히 살고 있는 것이라고 할 수밖에 없다. 하지만 나는 모든 사람들이 다 아는 삶의 의미를 알지 못하기 때문에, 삶은 무의미하고, 그래서 나는 살아갈 수 없다고 말하고 있는 것일 수 있다.

쇼펜하우어와 내가 삶을 부정하는 것을 가로막을 사람은 아무도 없다. 그러므로 네 뜻대로 밀고 나가서 자살을 감행해라. 그러면 너는 삶의 의미에 대한 문제로 다시는 고민할 이유가 없게 될 것이다. 네가 삶이 싫다면, 자살해라. 네가 살아 있기는 한데 삶의 의미를 모르겠다면, 너의 삶을 끝내라. 그렇게 네 삶을 끝장내면 될 것인데, 그렇게 하지는 않고 다시 책상머리에 앉아서, 삶은 무의미하다느니 부조리하다느니 하며 이러쿵저러쿵 말하고 쓰는 꼴사나운 짓을 하지 마라. 너의 주변에 있는 사람들은 즐겁게 살아가고 있다. 그들은 모두 행복하고, 자신들이 무엇을 하고 있는지를 안다. 그러니 네가 삶이 지겹고 역겹다고 느낀다면, 떠나라!"

결국 자살만이 해답이라는 것을 확신하면서도 자살을 감행할 결심을 할 수 없는 우리는 세상에서 가장 약하고 가장 표리가 부동하며, 솔직히 말해서 가장 어리석은 자들, 아무것도 아닌 시시한 것들을 가지고 노래하고 춤추며 신나게 노는 바보 천치들이 아니면 무엇이겠습니까?

인간의 지혜는 아무리 그 누구도 반박할 수 없을 정도로 분명하고 옳은 것이라고 할지라도 우리에게 삶의 의미에 대한 그 어떤 깨달음도 주지 않았습니다. 그런데도 인류를 구성하고 있는 무수히 많은 사람들은 삶의 의미에 대해 전혀 의심하지 않은 채로 살아갑니다.

삶이 시작되었던 내가 알지 못하는 저 까마득한 태초로부터 사람들은 자신들의 경험을 통해서 인생의 허망함을 알고 있었으면서도(이것은 삶이 무의미하다는 증명해 주는 것이라고 봅니다), 삶에 그들 나름대로의 의미를 부여해서 살아왔습니다. 인간의 삶이 시작된 이래로 사람들은 그런 식으로 삶에 대해 의미를 부여해서 삶을 영위해왔고 그것을 내게도 물려주었습니다.

내게 있거나 나를 둘러싸고 있는 모든 것은 유형적인 것이든 무형적인 것이든 삶에 대한 그들의 이해의 열매들입니다. 내가 삶에 대해서 판단하고 단죄하는 데 사용한 사고의 도구들조차도 내가 아니라 그들이 만든 것들입니다. 내 자신이 태어나고 교육을 받고 성장할 수 있었던 것도 그들 덕분이었습니다. 땅을 파서 쇠를 얻고, 벌목하고, 소와 말을 길들이는 법을 우리에게 가르쳐 준 것도 그들이었고, 곡식을 심는 법과 사람들이 함께 모여 살아가는 법을 가르쳐 준 것도 그들이었으며, 인간 생활의 질서를 만들어 낸 것도 그들이었고, 내게 사고하고 말하는 법을 가르쳐 준 것도 그들이었습니다. 그들은 내게 먹을 것과 마실 것을 공급해 주고, 나를 가르쳐서 그들의 사고와 언어를 사용해서 생각하고 말할 수 있게 해주었기 때문에, 나는 그들의 자손입니다. 그런데 나는 그들을 향해서 그들은 어리석고, 그들이 행하거나 물려준 모든 것은 무의미하다는 것이 증명되었다고 말하고 있습니다!

나는 내 자신에게 말했습니다. "나의 이런 추론 속에는 뭔가 잘못된 것이 있다. 나는 어딘가에서 오류를 범한 것이다." 그러나 당시의 내 생각의 어느 지점에 오류가 있었던 것인지를 발견해 내는 데는 오랜 시간이 걸렸습니다.

제 8 장

대중들로부터 깨달은 것

나는 지금에 와서는 그런 의구심들을 어느 정도 조리 있게 표현할 수 있지만, 그 당시에는 말로 표현하는 것이 불가능했습니다. 당시에 나는 삶이 허무하다는 나의 결론은 논리적으로 피할 수 없고 인류의 가장 위대한 사상가들이 한 말들에 의해 확증되었다고 생각했으면서도, 단지 여전히 그런 결론 속에는 무엇인가 잘못된 것이 있다는 것만을 느끼고 있었을 뿐이었습니다. 그 오류가 나의 추론방식에 있는 것인지, 아니면 내가 이 질문을 제기하고 표현한 방식에 있는 것인지는 알지 못했습니다. 다만 나로 하여금 그런 결론에 도달하게 한 추론과정은 흠 잡을 데 없이 완벽했지만, 그것만으로는 충분하지 않다고 느꼈을 뿐이었습니다.

이 모든 결론은 나를 설득해서 그런 논리를 끝까지 밀어붙여서 자살을 감행하게 하지 못했습니다. 나는 이성을 통해서 자살 외에는 다른 길이 없다는 결론에 도달했지만, 실제로 이성적으로 판단해서 자살하지 않았다고 말한다면, 그것은 거짓일 것입니다. 나의 이성은 작동하고 있었지만, 내 안에서는 또 다른 힘도 작동하고 있었는데, 나는 그것을 그저 "삶에 대한 의식"이라고 부를 수밖에 없습니다. 이 힘은 나로 하여금 나의 주의를 자살이 아니라 삶으로 돌리지 않을 수 없게 했습니다. 이 힘은 나를 절망 상태에서 건져내 주고 내 이성을 완전히 다른 방향으로 이끌어가서, 나로 하여금 나를 비롯해서 나와 같은 수백 명의 사람들이 인류 전체를 대표한다고 할 수 없고, 나는 여전히 인간의 삶이 무엇인지를 모르고 있다는 사실을 주목하지 않을 수 없게 했습니다.

나와 같은 부류에 속하는 사람들로 이루어진 좁은 계층을 바라보았을 때, 그들은 모두 이 문제를 전혀 깨닫고 있지 못한 사람들, 또는 이 문제를 깨닫기는 했지만 그것을 잊기 위해 삶이라는 술독에 푹 빠져서 살아가는 사람들, 또는 이 문제를 깨닫고서는 자신의 삶을 자살로 끝장낸 사람들, 또는 이 문제를 깨달았지만 약하고 결단력이 부족해서 절망 속에서 여전히 살아가고 있는 사람들이었습니다. 나는 그런 부류의 사람들 이외의 다른 사람들을 보려고 하지 않았습니다. 내가 속해 있던 이 좁은 계층을 이루고 있던 학자들이나 부유하고 이름 있는 사람들만 인류 전체를 대표하고, 역사상에서 살아왔고 지금도 여전히 살고 있는 그 밖의 다른 무수한 사람들은 인간이 아니라 소나 말 같은 가축의 일종이라고 생각했습니다.

당시에 내가 인간의 삶에 대해 생각하면서, 사방으로 나를 둘러싸고 있던 인류 전체의 삶을 간과하고서, 나의 삶이나 솔로몬과 쇼펜하우어의 삶만이 인간으로서의 통상적이고 진정한 삶이고, 다른 무수한 사람들의 삶은 고려할 가치도 없는 것이라고 생각하는 정말 어처구니없는 잘못을 범할 수 있었다는 것이 지금은 내게 너무나 이상하고 도저히 이해할 수 없습니다. 하지만 지금은 그것이 너무나 이상해 보이지만, 당시의 내가 그렇게 생각했다는 것은 틀림없는 사실입니다.

나는 내 자신의 지성에 대해 자부심을 갖고 있었던 까닭에, 솔로몬과 쇼펜하우어와 나는 삶의 문제를 아주 정직하고 정확하게 제기했기 때문에, 우리의 문제 제기와 거기에 대한 대답에는 그 어떤 의심도 있을 수 없다는 망상에 사로잡혀 있었습니다. 그래서 우리를 제외한 무수히 많은 사람들은 모두 아직 이 문제를 깊이 있게 통찰하지 못한 사람들의 범주에 속한 자들이라고 단정하고서, 내 삶의 의미를 탐구하는 과정에서, 이 무수히 많은 사람들은 자신들의 삶에 어떤 의미를 부여해서 이 세상에서 살아 왔고 지금도 여전히 살고 있는 것인지를 단 한 번도 생각해 본 적이 없었습니다. 나는 오랫동안 이런 뒤틀린 정신 상태로 살아 왔고, 이것은 말로만이 아니라 실제로 우리 같이 교양 있고 배운 사람들에게 대단히 특징적인 상태입니다.

하지만 정직하게 일하는 사람들에 대한 나의 좀 유별난 본능적인 사랑 덕분이었는지, 또는 목을 매어 자살하는 것보다 더 나은 선택을 알지 못하고 있다는 내 자신의 솔직한 확신 덕분이었는지, 나는 그 무수히 많은 사람들을 이해하게 되었고, 그들이 우리가 생각하는 것처럼 어리석지 않다는 것도 깨닫게 되었습니다. 그러면서 내가 살고자 하고 삶의 의미를 깨닫고자 한다면, 삶의 허무함을 알고서 죽고자 하는 그런 부류의 사람들이 아니라, 인간의 삶을 만들어 낸 후에 우리의 삶의 무게를 똑같이 짊어지고 살다가 죽었거나 지금도 여전히 그렇게 살아가고 있는 무수히 많은 사람들 속에서 찾아야 한다고 느끼게 되었습니다. 이렇게 해서 나는, 가진 것도 별로 없고 배운 것도 없지만 순박하게 살아왔거나 지금도 그렇게 살아가고 있는 무수히 많은 사람들을 둘러보았고, 그들 속에서 우리 같은 부류의 사람들과는 판이하게 다른 그 무엇을 보았습니다.

이 무수히 많은 사람들의 삶은 몇몇 예외를 제외하면 내가 나와 같은 부류의 사람들의 삶을 분류할 때 사용했던 네 가지 범주의 그 어디에도 속하지 않는다는 것을 알았습니다. 그들은 삶의 의미에 대한 문제를 스스로 제기하고 아주 명쾌한 대답을 얻어서 살아가고 있는 사람들이었기 때문에, 이 문제를 이해하지 못하고 깨닫지 못한 사람들로 분류할 수 없었습니다. 또한, 그들은 쾌락이 아니라 궁핍과 고통이 주류를 이루는 삶을 살고 있었기 때문에, 그런 그들을 쾌락주의자들로 분류할 수도 없었습니다.

게다가, 그들은 죽음을 비롯해서 자신들의 삶과 관련된 모든 것을 설명할 수 있는 사람들이었기 때문에, 나는 그들을 무의미한 삶을 부조리하게 살아가고 있는 사람들로 여길 수는 더더욱 없었습니다. 그들은 자살을 가장 큰 악으로 여겼습니다. 나는 인간의 삶에 의미가 있다는 것을 부정하고 조롱했지만, 인류 전체는 삶의 의미에 대한 모종의 이해를 지니고 있는 것처럼 보였습니다. 이성에 기초한 지식은 삶의 의미에 대한 대답을 주지 않고 도리어 그런 문제를 제기하는 것조차 거부해 버린다는 것을 감안하면, 무수히 많은 사람들로 이루어진 인류 전체가 인간의 삶에 대해 부여한 의미는 내가 멸시하고 거짓된 것이라고 여겨 왔던 모종의 지식에 토대를 둔 것임이 분명했습니다.

지식인들과 현자들이 이성에 기초해서 제시한 지식은 삶의 의미를 부정했지만, 무수히 많은 사람들로 이루어진 인류 전체는 삶의 의미는 이성으로는 이해되지 않는 지식에 있다는 것을 알고 있었습니다. 그리고 이 이성에 기초하지 않은 지식은 내가 거부할 수 없었던 그것, 즉 신앙이었습니다. 하느님, 삼위일체, 6일 동안의 창조, 마귀와 천사들 등등은 내가 이성을 버리지 않는 한 받아들일 수 없는 것들이었습니다.

나는 이러지도 저러지도 못하는 궁지에 몰리는 처지가 되어 버렸습니다. 이성에 기초한 지식의 길을 따라가서는 삶을 부정하는 것 이외의 다른 것을 발견할 수 없다는 것을 나는 이미 알고 있었습니다. 하지만 신앙 속에서 내가 발견한 것은 오직 이성을 부정해야만 받아들일 수 있는 것들뿐이었고, 이것은 내게는 삶을 부정하는 것보다 한층 더 불가능한 일이었습니다.

이성에 기초한 지식에 의하면, 삶은 악이고, 사람들도 그것을 압니다. 하지만 나를 비롯해서 사람들은 삶이 무의미하고 악하다는 것을 이미 오래 전에 알았고, 따라서 자신들의 삶을 끝내는 것이 최선이라는 것을 알면서도, 계속해서 삶을 영위해 왔습니다. 그런데 내가 삶의 의미를 찾기 위해서는 이성이 절실하게 요구되는데도, 신앙은 내게 삶의 의미를 깨닫고자 한다면 이성을 버려야 한다고 말합니다.

제 9 장

이성에 기초하지 않은 지식

모순이 생겨났고, 이 모순에서 빠져나올 수 있는 출구는 두 가지였습니다. 하나는 내가 지금까지 이성이라고 불러왔던 것이 사실은 내가 생각한 것만큼 그렇게 이성적인 것이 아니었다는 것을 인정하는 것이었고, 다른 하나는 지금까지 내게 비이성적인 것으로 보였던 것이 내가 생각한 것만큼 비이성적인 것이 아니었다는 것을 인정하는 것이었습니다. 나는 이성적 지식에 기초한 나의 추론과정을 검증해 나가기 시작했습니다.

이성적 지식에 기초한 추론과정을 검증해 나가면서, 나는 추론과정 자체는 전적으로 올바르다는 것을 발견했습니다. 삶이 무(無)라는 결론은 피할 수 없는 것이었습니다. 하지만 나는 한 가지 오류를 찾아낼 수 있었습니다. 그 오류는 나의 추론과정이 내가 제기한 의문과 부합하지 않는다는 것이었습니다. 내가 제기한 의문은 이런 것이었습니다. "내가 살아가는 이유는 무엇인가? 나의 덧없이 사라져 버릴 환영과 같은 삶으로부터 어떤 참되고 영원한 것이 나올 수 있는 것인가? 무한한 만유 속에서 나의 유한한 실존은 무슨 의미를 지니는가?" 이 의문에 대답하기 위해 나는 삶을 연구했습니다.

삶에 대해 제기될 수 있는 온갖 의문들에 대한 해법은 분명히 나를 만족시킬 수 없었는데, 그것은 나의 의문이 얼핏 보면 아주 간단해 보일지 모르지만, 그 속에는 무한한 것을 통해서 유한한 것을 설명하거나 유한한 것을 통해서 무한한 것을 설명하라고 하는 요구가 포함되어 있었기 때문입니다.

나는 "나의 삶 속에 시간과 공간과 인과관계를 초월한 어떤 의미가 존재하는가"라고 물어 놓고는, "시간과 공간과 인과관계 내에서 내 삶의 의미는 무엇인가"라는 질문에 대답하고 있었습니다. 그 결과, 오랜 시간의 힘들고 괴로운 숙고 후에 내가 대답할 수 있는 유일한 것은 그런 것은 아무것도 존재하지 않는다는 것이었습니다.

나의 숙고 과정 속에서 나는 유한한 것과 무한한 것, 그리고 무한한 것과 유한한 것을 끊임없이 비교해 보았고, 그렇게밖에는 달리 어떻게 할 수 없었습니다. 그렇게 해서 나는 내가 도달할 수 있는 유일한 결론에 도달했습니다. 힘은 힘이고, 물질은 물질이며, 의지는 의지이고, 무한한 것은 무한한 것이며, 무는 무이다. 그리고 그 이상으로는 한 발자국도 앞으로 나아갈 수 없었습니다.

그것은 수학에서 방정식을 세워서 풀어야 할 문제를 항등식으로 만들어 놓고 풀려고 하는 것과 비슷한 것이었습니다. 그런 경우에 추론과정은 옳지만, 거기에서 얻어지는 유일한 해답은 A는 A이고 X는 X이며 O는 O라는 것입니다. 이것과 똑같은 일이 삶의 의미에 대한 나의 추론과정에서 일어나고 있었던 것이었습니다. 그랬기 때문에 학문들이 나의 이 질문에 대해 제시한 대답은 한결같이 똑같을 수밖에 없었습니다.

데카르트의 경우 같이 엄격하게 이성에 기초한 지식은 신앙의 토대 위에 세워진 모든 지식을 던져 버리고, 오직 모든 것에 대한 철저한 회의와 의심에서 출발해서, 이성과 실험의 법칙들을 따라 모든 것을 재구성하기 때문에, 삶의 의미에 대한 대답에 있어서는 내가 도달한 모호한 대답 이외의 다른 대답을 제시할 수 없습니다. 지식이 확정적인 대답, 즉 삶은 무의미하고 악하다는 쇼펜하우어의 대답 같은 확정적인 대답을 주었다고 내가 생각한 것은 단지 처음에 잠깐뿐이었습니다. 이 문제를 좀 더 깊이 파고 들어갔을 때, 나는 그런 대답은 확정적인 것이 아니었고, 단지 내가 그렇게 느낀 것일 뿐이었다는 것을 깨달았습니다. 엄격하게 말하자면, 인도철학이나 솔로몬이나 쇼펜하우어가 제시한 것과 같은 대답은 단지 모호한 것이거나 항등식과 같은 것이었습니다. 0은 0이고, 삶은 무(無)이다. 이렇게 철학적인 지식은 아무것도 부정하지 않고, 단지 철학으로는 그런 문제를 풀 수 없기 때문에, 철학이 제시하는 해법은 모호할 수밖에 없습니다.

이것을 깨닫게 되자, 이성에 기초한 지식 속에서 나의 의문에 대한 대답을 찾는 것이 불가능하고, 이 문제에 대해 이성적 지식이 제시한 대답은 나의 의문을 다른 방식으로, 즉 단지 무한한 것과 유한한 것 간의 관계라는 문제를 다루는 방식으로 제기할 때만 얻어질 수 있다는 것을 보여주는 것일 뿐임을 알았습니다. 그리고 이 문제에 대해 신앙이 제시하는 대답들은 비이성적이고 엉뚱한 것처럼 보이지만, 이 문제를 해결하는 데 없어서는 안 되는 유한한 것과 무한한 것 간의 관계에 대한 설명을 포함하고 있다는 이점이 있다는 것도 알게 되었습니다.

내가 신앙을 향해 어떤 식으로 질문을 던져도, 신앙의 대답 속에는 그 둘의 관계가 드러나 있었습니다. "나는 어떻게 살아가야 하는가"라고 물으면, "하느님의 법에 따라 살아가라"고 대답했고, "나의 삶으로부터 얻어지는 어떤 진정하고 영원한 결과가 존재하는가"라고 물으면, "영원한 고통 또는 영원한 복이 존재한다"는 대답이 돌아왔으며, "삶 속에는 죽음에 의해서 없어지지 않는 어떤 의미가 존재하는가"라고 물으면, "무한한 존재이신 하느님과의 연합인 천국이 존재한다"는 대답을 들을 수 있었습니다.

이렇게 해서 나는 내가 지금까지 유일한 지식이라고 생각해왔던 이성적 지식 외에도, 인류 전체가 소유해 온 또다른 종류의 지식, 곧 이성에 기초하지 않은 지식이 존재한다는 것을 인정하지 않을 수 없게 되었는데, 그것은 인류 전체에게 삶의 의미를 알게 해주어서 살아갈 수 있게 해준 신앙이라는 지식이었습니다. 신앙은 내게 이전과 마찬가지로 여전히 비이성적인 것이었지만, 나는 오직 신앙만이 인류에게 삶의 의문에 대한 대답들을 제공해 주어서 살아갈 수 있게 해준다는 것을 인정하지 않을 수 없었습니다.

이성적 지식은 나를 이끌어서 삶은 무의미하다는 것을 인정하지 않을 수 없게 했었습니다. 나의 삶은 정지해 버렸고, 나는 자살하고자 했습니다. 그 때 인류 전체를 이루고 있는 내 주변의 무수한 사람들을 둘러보고서는, 그들이 살아가고 있었고, 자신들이 삶의 의미를 알고 있다고 단언하는 것을 알았습니다. 내 자신을 돌아보았습니다. 나도 내가 삶의 의미를 알고 있다고 믿고 있던 동안에는 잘 살았었고, 살아가는 것이 가능했었습니다.

다른 나라들에 살고 있는 사람들과 나의 동시대인들과 그들의 조상들을 두루 살펴보았을 때에도, 나는 그 동일한 것을 보았습니다. 삶이 존재하는 곳에는 어김없이 신앙도 존재했습니다. 창조 이래로 신앙은 인류가 살아가는 것을 가능하게 해주었고, 그 신앙의 본질적인 내용은 언제 어디서나 동일했습니다.

신앙이 어떤 대답을 주고, 그 신앙이 어떤 신앙이며, 그 대답이 누구에게 주어지는지와는 상관없이, 신앙이 주는 대답들은 언제나 인간의 유한한 실존에 무한한 의미, 즉 고통이나 상실이나 죽음에 의해 없어지지 않는 의미를 부여해 주는 것이었습니다. 이것은 오직 신앙 속에서만 삶의 의미와 살아가야 할 이유를 발견할 수 있다는 것을 의미합니다.

내가 깨달은 것은 신앙의 본질적인 의미는 "눈에 보이지 않는 것들에 대한 증거"에 있는 것도 아니고, 신앙의 증표들 중의 하나에 불과한 것을 나타내는 계시에 있는 것도 아니며, 인간과 하느님의 관계에 있는 것도 아니고(우리는 먼저 신앙을 정의한 후에 하느님을 정의해야 하고, 먼저 하느님을 정의한 후에 신앙을 정의해서는 안 된다), 신앙이 우리에게 말해 주는 것들에 대한 동의(사람들은 흔히 이것이 신앙이라고 생각하지만)에 있는 것도 아니라는 것이었습니다.

신앙은 인간의 삶의 의미에 대한 지식이고, 그 지식의 결과로 인간은 자살하지 않고 살아갈 수 있게 됩니다. 신앙은 살아갈 수 있게 해주는 힘입니다. 인간이 살아가려면 반드시 무엇인가를 믿어야 합니다. 인간은 살아가야 할 이유가 있다는 것을 믿지 않으면 살아갈 수 없게 됩니다. 유한한 것의 허구성을 보지 못하고 깨닫지 못한 사람들은 유한한 것을 믿고 살아갈 수 있습니다. 하지만 유한한 것의 허구성을 깨달은 사람들은 무한한 것을 믿지 않을 수 없게 됩니다. 인간은 신앙이 없이는 살아가는 것이 불가능하기 때문입니다.

나는 나의 내적인 사고가 지금까지 걸어온 전 과정을 다시 돌아보고서는 소스라치게 놀라고 공포를 느꼈습니다. 사람이 살기 위해서는, 무한한 것을 알지 못하거나, 삶의 의미와 관련해서 무한한 것과 유한한 것을 연결시켜 줄 그런 설명을 갖거나 둘 중의 하나여야 한다는 것이 이제는 내게 명백해졌습니다. 나는 그런 설명을 갖고 있었지만, 내가 유한한 것을 믿고 있는 동안에는, 내게 그런 설명은 필요없었습니다. 하지만 내가 그런 설명을 이성에 비추어서 검증하기 시작했을 때, 나의 이전의 그런 설명 전체는 나의 이성의 빛 앞에서 공중분해되어 날아가 버리고 말았습니다. 그러다가 내가 유한한 것을 더 이상 믿지 않게 된 때가 내게 찾아왔고, 나는 이성을 기초로 해서, 내가 삶에 의미를 부여해 줄 수 있을 것이라고 생각한 지혜와 지식의 설명으로부터 나의 의문에 대한 대답을 찾아내고자 했지만, 거기에서는 아무런 대답도 얻을 수 없었습니다. 나는 0은 0이라는 결론에 도달했고, 그것은 인류 역사상 최고의 지성들의 결론이기도 하다는 것을 확인하고서 무척 놀랐지만, 거기에서는 나의 의문에 대한 다른 대답을 들을 수 없었습니다.

실험 학문들 속에서 그 대답을 찾고자 했을 때, 그 결과가 어떠했습니까? 내가 살아가는 이유를 알아내기 위해, 나의 외부에 존재하는 모든 것을 연구했습니다. 아주 많은 것들을 발견해낼 수 있었지만, 내가 필요로 한 것은 아무것도 없다는 것이 분명해졌습니다.

철학의 영역에서 그 대답을 찾고자 했을 때, 어떤 일이 일어났습니까? 나는 내 자신과 똑같은 곤경에 처해 있던 사람들, 그리고 "왜 우리가 살아야 하는가"라는 의문에 대한 대답을 갖고 있지 않았던 사람들의 사상을 연구했고, 거기에서는 내가 이미 알고 있는 것 이외의 것을 발견할 수 없다는 것, 즉 삶의 의미에 대해 아무것도 알 수 없다는 것이 명백해졌습니다.

"나는 어떤 존재인가?" "나는 무한한 것의 일부이다." 사실 모든 문제는 이 간단한 문답 속에 있었습니다. 과연 이 질문은 아주 최근에 와서야 오직 나만이 생각해내서 세기한 것일 수 있을까? 조금만 생각이 있는 아이라면 누구나 입 밖에 낼 수 있을 것 같은 이 아주 간단한 질문을 나 이전에는 아무도 제기하지 않았다는 것을 과연 믿을 수 있을까?

이 질문은 인간이 존재한 이래로 계속해서 제기되어 왔음이 분명합니다. 인간이 창조된 이래로 유한한 것과 유한한 것을 등치시키거나 무한한 것과 무한한 것을 등치시키는 방식으로는 이 질문을 만족스럽게 해결할 수 없다는 것이 명백했기 때문에, 기억도 할 수 없는 까마득히 먼 옛날부터 인간은 유한한 것과 무한한 것의 관계를 규명하고 표현하려고 애써왔습니다.

우리가 유한한 것과 무한한 것을 비교해서, 인간의 삶, 하느님, 자유, 선 등에 대한 이해에 도달하기 위해 사용하는 모든 개념들을 이성의 논리 앞에서 세워서 시험에 부치는 경우에는, 그 개념들은 이성의 비판을 이겨내고 통과하는 것이 불가능합니다.

어린아이들이 시계를 분해해서 의기양양해하며 거기에서 용수철을 꺼내어 장난감으로 가지고 놀다가, 문득 시계가 작동하지 않고 멈춰 서 있는 것을 보고서는 깜짝 놀라는 모습을 우리가 본다면, 그것은 두렵고 소름끼치는 일은 아닐지라도 실소를 금할 수 없는 일일 것입니다.

삶의 의문을 풀어내서 사람들로 하여금 살아갈 수 있게 해주기 위해서는, 유한한 것과 무한한 것 간의 모순을 해결하는 것이 반드시 필요합니다. 우리가 모든 사람들 가운데서 언제 어디서나 발견하는 그 유일한 해법은 역사의 기록이 남아 있지 않은 아주 까마득하게 먼 옛날부터 우리에게 전해져 내려온 해법입니다. 그것은 너무나 어렵고 난해한 해법이어서, 우리가 그런 해법을 고안해내거나 만들어내는 것은 불가능합니다. 그런데도 우리는 그 해법을 무심코 경솔하게 파괴해 버리고서는, 또다시 우리 모두가 직면하게 되는 그 의문을 제기하고 엉뚱한 곳에서 대답을 찾아 헤매고 다니지만 결국 찾지 못합니다.

무한하신 하느님, 영혼의 신성, 하느님과 인간사의 상호 연결 관계, 도덕적인 선과 악 등과 같은 개념들은 모두 우리가 알지 못하는 까마득한 옛날 사람들이 역사 속에서 살아가면서 알아내고 만든 개념들이고, 그런 개념들의 존재 없이는 삶도 존재할 수 없고 내 자신도 존재할 수 없습니다. 그런데도 나는 인류의 그 모든 노력들을 배척한 채로, 이 문제에 대한 대답을 나 혼자 내 자신의 방식대로 처음부터 다시 찾아내고자 했던 것입니다.

당시에 내가 그렇게 생각했던 것은 아니지만, 그런 사고의 싹은 이미 내 안에서 생겨나고 있었습니다. 먼저, 나는 쇼펜하우어나 솔로몬이나 내 자신의 추론, 즉 우리는 삶이 무의미하고 악하다는 것을 알지만 그럼에도 불구하고 계속해서 살아가고 있는 것이라는 추론은 우리가 지닌 지성에도 불구하고 명백하게 어리석은 것임을 깨달았습니다. 왜냐하면, 이성에 기초해서 판단했을 때 삶은 무의미하고, 내가 이성을 따라 살아가는 것을 진정으로 원한다면, 나는 나의 삶을 파괴해서, 아무도 내게 이의를 제기하지 못하게 하는 것이 마땅한데도, 그렇게 하지 않고 있었기 때문이었습니다.

다음으로, 나는 우리의 추론이, 수레에 동력을 전달해주지 못하고 헛도는 바퀴 같이 악순환 속에서 계속해서 제자리를 맴돌고 있다는 것을 깨달았습니다. 우리의 추론 속에서는 언제나 0은 0이어서, 우리가 아무리 많이 생각하고 깊이 생각해도 삶의 의문에 대한 대답을 발견할 수 없었고,

이것은 우리의 추론방식 자체에 오류가 있다는 깃을 보여주는 것임이 분명했기 때문이었습니다.

끝으로, 나는 인간의 가장 심오한 지혜는 신앙에 의해 주어진 대답들 속에 보존되어 있고, 나는 이성을 기초로 해서 그 대답들을 부정할 자격을 갖고 있지 않으며, 무엇보다도 오직 그 대답들만이 삶의 의문에 대답해 줄 수 있다는 것을 깨닫기 시작했습니다.

제 10 장

새로운 삶에 대한 발견과 의문

나는 그런 것들을 깨닫기 시작했지만, 그렇다고 해서 나의 상황이 나아진 것은 조금도 없었습니다.

이제 나는 그 어떤 신앙이라도 받아들일 준비가 되어 있었습니다. 물론, 그 신앙은 내게 이성을 전면적으로 다 부정할 것을 요구하지 않는 것이어야 했습니다. 그런 신앙은 사기일 것이었기 때문이었습니다. 그래서 나는 불교와 회교에 관한 책들을 연구했고, 무엇보다도 여러 가지 책들과 내 주변에 사는 사람들을 통해서 기독교를 연구했습니다.

자연스럽게 내가 가장 먼저 눈을 돌린 것은 나와 같은 부류에 속한 사람들 중에서 신자인 지식인들, 정교회의 신학자들과 수도사들, 진보적인 색채를 지닌 신학자들이었고, 그리고 심지어 새로운 기독교인들이라 불린 사람들, 즉 속죄에 대한 믿음으로 구원을 얻는다고 고백하는 복음주의자들에게도 눈을 돌렸습니다. 나는 그런 신자들을 붙잡고, 그들이 어떻게 믿게 되었는지, 그리고 삶의 의미가 무엇이라고 이해했는지에 대해 그들에게 질문했습니다.

그들과의 그 어떤 논쟁도 피하기 위해 백번 양보해서 그들이 하는 말들을 들어 보았지만, 나는 그들의 신앙을 받아들일 수 없었습니다. 그들이 신앙이라고 받아들인 것은 삶의 의미를 설명해 주기는커녕 도리어 모호하게 한다는 것을 알게 되었고, 삶에 대한 의문이 나로 하여금 신앙 속에서 대답을 찾도록 만들었던 것과는 달리, 그들은 내게는 생소하고 이질적인 어떤 다른 이유들로 인해서 신앙을 받아들였다는 것도 알게 되었습니다.

그들과 교제하는 동안 수없이 어떤 희망을 경험하긴 했지만, 또다시 나의 이전의 절망의 나락 속으로 떨어질 것 같은 힘들고 괴로운 공포감을 느꼈던 것이 지금도 기억이 납니다. 그들이 자신들의 교리를 내게 더 자세하게 설명하면 할수록, 나는 그들의 오류를 더 분명하게 알 수 있었고, 그들의 신앙 속에서 삶의 의미에 대한 설명을 발견하고자 했던 나의 희망이 헛된 것임을 깨달았습니다.

그들이 내게 언제나 친근했던 기독교의 진리들과 그런 진리들과는 아무 상관이 없는 불합리한 것들을 뒤섞어서 자신들의 종교적 신념을 설명한 것에 내가 그렇게 많은 이질감과 생경함을 느꼈던 것은 아니었습니다. 나는 단지 그들이 믿는다고 말하며 그들 자신의 입으로 설명했던 신앙의 가르침들과 그 원리들을 따라 살아가지 않았다는 점만을 제외한다면, 그들의 삶은 나의 삶과 조금도 다를 것이 없었다는 사실에 반감을 느낀 것이었습니다.

나는 그들이 스스로를 속이며 살아가고 있다는 것, 그리고 될 수 있으면 오래도록 살아남아서 자기가 원하는 모든 것들을 모두 자신의 수중에 넣고자 하는 것일 뿐이고, 나와 마찬가지로 삶에서 어떤 의미를 발견한 것은 아니라는 것을 분명하게 느낄 수 있었습니다. 만일 그들이 삶의 의미를 알고 있었다면, 그것이 상실과 고통과 죽음에 대한 두려움을 없애 주어서, 그들은 그런 것들을 두려워하지 않게 되는 것이 당연한 일이었겠지만, 실제로는 나와 같은 부류의 계층에 속한 자들 중에서 신앙을 가진 사람들도 나와 마찬가지로 부유하고 풍족한 삶을 살면서 그런 삶을 유지하고 재산을 더 많이 늘리려고 애썼고, 상실과 고통과 죽음을 두려워하였으며, 나같이 신앙을 갖지 않은 모든 사람들처럼 그들의 욕망을 충족시키기 위해 살았고, 신앙을 갖지 않은 사람들보다 더 악한 삶은 아닐지라도 적어도 별반 다름없는 악한 삶을 살아가고 있었습니다.

그러므로 그들이 어떤 말을 하고 어떤 논리를 들이대어도 나는 그들의 신앙이 참되다고 확신할 수 없었습니다. 가난과 질병과 죽음을 두려워하는 내게, 그들이 나와는 달리 그런 것들을 두려워하지 않는 것을 행동으로 보여주었을 때에만, 나는 그들이 삶의 의미를 알고 있다는 것을 확신할 수 있었을 것인데, 나와 같은 부류의 계층에 속한 신앙인들 사이에서는 그런 행동을 전혀 볼 수 없었습니다. 도리어 나와 같은 부류의 계층에 속한 사람들 중에서 신앙을 갖고 있지 않은 사람들 가운데서는 그런 행동을 볼 수 있었지만, 소위 신앙인이라고 하는 사람들 중에서는 그런 행동을 찾아볼 수 없었습니다.

나는 이 사람들이 갖고 있는 신앙은 내가 찾고 있던 신앙이 아니라는 것, 즉 그들의 신앙은 진정한 신앙이 아니라 단지 그들로 하여금 삶을 즐기게 해 줄 위안들 중의 하나일 뿐이라는 것을 깨달았습니다. 그런 신앙은 임종하기 직전에 침상에 누워 참회하는 솔로몬 같은 사람들에게 참된 위안까지는 아니더라도 어느 정도 고통을 덜어 주는 역할은 할 수 있겠지만, 다른 사람들이 땀 흘려 일한 수고의 대가 위에서 무위도식하는 인생을 살지 않고 무엇인가 의미 있는 삶을 살고자 하는 인류의 대다수에게는 도움이 될 수 없다는 것을 알았습니다.

인류가 삶에 의미를 부여해서 살아가고 그런 삶을 대대로 지켜가기 위해서는, 이 무수히 많은 사람들에게는 그런 것과는 다른 참된 신앙에 대한 지식이 있어야 합니다. 나로 하여금 신앙의 존재를 확신하게 해준 것은 나나 솔로몬이나 쇼펜하우어가 자살하지 않았다는 사실이 아니라, 이 무수히 많은 사람들이 솔로몬이나 나 같은 사람들을 그들의 삶의 파도 위에 실은 채로 살아왔고 지금도 여전히 살아가고 있다는 사실이었습니다.

그래서 나는 가난하고 단순하며 배우지 못한 사람들, 즉 순례자들, 수도사들, 소수종파 사람들, 농민들과 더 가까이 접촉하기 시작했습니다. 이 사람들은 나와 같은 부류에 속한 계층에서 사이비 신앙을 갖고 있던 사람들과 마찬가지로 기독교 신앙을 지니고 있었습니다.

그들이 지닌 신앙 속에도 기독교의 진리들과 더불어 아주 많은 미신들이 뒤섞여 있긴 했지만, 그 미신들은 나와 같은 부류의 계층에 속한 신앙인들에게는 전혀 불필요한 것들이었고 그들의 삶과 아무 상관이 없는 것이었으며 단지 그들의 삶을 즐기는 데 일종의 양념 같은 역할을 했을 뿐인 데 반해서, 노동자 계층에 속한 사람들에게 그 미신들은 그들의 삶과 서로 밀접하게 연결되어 있어서, 그런 미신들이 없는 삶은 생각할 수 없을 정도로, 그들의 삶에서 필수적인 조건이 되어 있었다는 것이 달랐습니다.

나와 같은 부류의 계층에 속한 신자들의 생활방식 전체는 그들의 신앙과 정면으로 모순되는 것이었던 반면에, 노동자 계층에 속한 신자들의 생활방식 전체는 그들의 신앙이 삶에 부여한 의미를 재확인하는 것이었습니다. 그래서 나는 이 사람들의 삶과 신앙을 좀 더 면밀하게 살펴보기 시작했고, 그렇게 더 세밀하게 살펴보면 볼수록, 그들의 신앙은 참된 신앙이고 그들에게 없어서는 안 되는 것이며, 오직 그 신앙만이 삶의 의미와 살아갈 이유를 그들에게 제공해 주고 있다는 것을 더욱더 확신하게 되었습니다.

나와 같은 계층에 속한 사람들은 신앙 없이 살아가는 것이 얼마든지 가능하고, 자신이 신앙인이라고 인정하는 사람이 천 명 중에 한 명 있을까 말까 할 정도였던 반면에, 노동자 계층에 속한 사람들은 신앙을 갖고 있지 않은 사람이 천 명 중에 한 명 있을까 말까 할 정도라는 것을 나는 보았습니다. 나와 같은 계층에 속한 사람들은 그들의 삶 전체를 나태와 향락과 삶에 대한 불만족으로 허비하고 있었던 반면에, 노동자 계층의 사람들은 일생 동안 힘든 노동을 하며 살아갔지만 부자들과는 달리 자신의 삶에 비교적 만족하고 있다는 것도 나는 보았습니다.

나와 같은 계층에 속한 사람들은 자신의 운명에 저항하며 자신들에게 닥친 상실과 고통을 한탄하고 저주했던 반면에, 이 사람들은 자신들에게 질병이나 슬픈 일이 생기더라도, 그것은 자신들의 운명이고, 그들의 힘으로는 달리 어떻게 할 수 없는 일이며, 그것은 모두 그들의 유익을 위한 것이라는 확고한 믿음 속에서 그 어떤 의심이나 반항도 없이 묵묵히 받아들였습니다.

나와 같은 계층에 속한 사람들은 더 똑똑하고 지식이 많으면 많을수록 삶의 의미를 제대로 깨닫지 못하고서, 자신이 고통과 죽음을 겪어야 한다는 사실을 운명의 악의적인 장난으로 보고 분노하였던 것과는 달리, 이 사람들은 평안하고 담담한 마음으로 살아가고 고통을 감내하며 죽음을 맞이하고, 그리고 기쁜 마음으로 그 모든 것들을 겪어나가는 사람들도 많았습니다. 나와 같은 계층에 속한 사람들에게는 공포와 절망이 없는 평안한 죽음은 극히 드문 예외였던 반면에, 이 사람들에게는 죽음에 저항하며 고통스럽고 불행하게 죽어가는 것이 극히 드문 예외였습니다.

솔로몬과 내게는 삶의 유일한 축복이었던 그 모든 것들을 박탈당한 삶을 살아가면서도 그럼에도 불구하고 삶 속에서 엄청난 행복을 발견하며 살아가는 무수히 많은 사람들이 있었습니다. 나는 나의 주변을 좀 더 광범위하게 살펴보았고, 과거에 살았었고 오늘날에도 살아가고 있는 무수히 많은 사람들의 삶을 관찰했습니다. 그리고 그런 사람들 중에서 삶과 죽음의 의미를 깨닫고 살아간 사람들이 두세 명이나 열 명이 아니라, 수백, 수천, 수백만 명이나 된다는 것을 알았습니다. 그들은 관습이나 생각이나 교육 정도나 사회적 지위는 각기 달랐고 천차만별이었지만, 삶의 의미를 모르고 살아온 나와는 반대로 삶과 죽음의 의미를 알고, 삶을 허무가 아니라 복으로 여기고서 고통과 역경을 기꺼이 감수하며 살다가 죽었습니다.

나는 그런 사람들을 사랑하게 되었습니다. 내가 책 속에서나 사람들이 들려주는 얘기 속에서 그런 식으로 살다가 죽은 사람들의 삶으로 더 깊이 들어가면 갈수록, 나는 그들을 더 사랑하게 되었고, 내가 살아가는 것도 더 편안해졌습니다. 나는 그런 식으로 2년여를 살았고, 내 안에서는 큰 변화가 일어났습니다. 그 변화는 오랜 세월에 걸쳐 내 안에서 준비되어 왔고, 그 뿌리가 늘 내 안에 존재해왔던 그런 변화였는데, 그것은 부자이자 지식인들이었던 나와 같은 부류의 계층에 속한 사람들의 삶이 단지 싫어진 것만이 아니라 내게서 모든 의미를 상실하게 된 것이었습니다.

우리의 모든 활동들, 우리의 토론들, 우리의 학문, 우리의 예술이 내게 새롭게 비쳐졌습니다. 나는 그 모든 것들이 단지 자아도취에 지나지 않고, 그런 것들 속에서는 그 어떤 의미도 발견할 수 없다는 것을 깨달았습니다. 땀 흘려 일해서 삶을 생산해내는 무수히 많은 사람들의 삶이야말로 참되게 살아가는 길로 보였습니다. 그런 삶이 인간의 삶에 대해 부여한 미가 참된 것이라는 것을 깨달았고, 그것을 받아들였습니다.

제 11 장

인간은 어떻게 살아야 하는가

돌이켜 보면, 동일한 신앙인데도 그 신앙을 고백한 사람들이 자신이 고백한 신앙과 반대되는 삶을 사는 것을 보았을 때, 내게서는 반감이 생겨났고 그 신앙은 아무런 의미도 없는 것으로 보였었는데, 자신들의 신앙과 일치하는 삶을 살아가고 있는 사람들을 보았을 때는, 나는 그 동일한 신앙에 매료되었고, 그 신앙은 내게 의미 있는 것으로 다가온 것이었습니다. 왜 내가 전에는 그 신앙을 배척하고 무의미한 것으로 여겼던 것인지, 그리고 왜 지금은 그 동일한 신앙을 전적으로 의미 있는 것으로 받아들이게 된 것인지를 비로소 나는 깨닫게 되었습니다. 내가 지금까지 오류를 범해 왔었다는 것도 깨닫게 되었고, 왜 그렇게 되었는지도 깨닫게 되었습니다.

내가 오류를 범해 왔던 것은 내 생각이 잘못되었기 때문이 아니라 나의 삶이 잘못되었기 때문이었습니다. 내가 눈이 멀어서 진리를 볼 수 없었던 것은 나의 잘못된 생각 때문이 아니라, 쾌락을 추구할 수 있는 삶의 모든 조건을 다 갖춰 놓고서 나의 욕망을 만족시키며 살아온 나의 삶 때문이었다는 것을 깨달았습니다.

내 삶이 무엇인가에 대해 내가 제기했던 의문, 그리고 삶은 악이라고 했던 나의 대답도 지극히 옳은 것이었지만, 단 한 가지 잘못된 것은 오직 내 자신의 삶에만 해당되는 그 대답을 인간의 삶 전체로 확대해서 적용한 것이었다는 것도 깨달았습니다. 전에 나는 나의 삶이 도대체 무엇이냐고 내 자신에게 물었고, 내 삶은 악하고 무의미한 것이라는 대답을 얻었습니다. 그리고 그것은 지극히 옳은 것이었습니다. 실제로 자아도취에 빠져서 욕망만을 추구한 나의 삶은 무의미하고 악한 삶이었기 때문이었습니다. 그러나 그러한 대답은 오직 나의 삶에만 해당되는 것이었을 뿐이고 인간의 삶 전체에 해당되는 것은 아니었습니다. 나는 나중에 내가 복음서에서 발견한 다음과 같은 진리를 비로소 깨닫게 된 것이었습니다. "사람들이 자기 행위가 악하므로 빛보다 어둠을 더 사랑한 것이니라 악을 행하는 자마다 빛을 미워하여 빛으로 오지 아니하나니 이는 그 행위가 드러날까 함이요"(요한복음 3:19-20).

나는 삶을 이해하기 위해서는 무엇보다도 먼저 삶은 악하지도 않고 무의미하지도 않다는 것을 알아야 하고, 그것을 밝히기 위해서 이성을 사용할 수 있다는 것을 깨달았습니다. 또한, 그토록 명백한 진리를 그토록 오랜 세월 동안 아주 가까이에 두고서도, 왜 내가 그 진리를 깨닫지 못하였는지도 알게 되었습니다. 인간의 삶에 대해 생각하고 말하기 위해서는 몇몇 기생충 같은 삶을 사는 사람들의 삶이 아니라 인류 전체의 삶에 대해 생각하고 말해야 한다는 것도 분명하게 알게 되었습니다.

그것은 2 × 2 = 4가 참이듯이 언제나 자명한 진리였지만, 나는 그 진리를 인정하거나 받아들이지 않았습니다. 왜냐하면, 내가 그 진리를 인정하는 순간, 나는 다른 사람들은 선한데 내 자신만은 악인이라는 것을 인정할 수밖에 없는데, 그 자명한 진리를 인정하는 것보다 내 자신이 선하다고 생각하는 것이 내게는 더 중요하고 꼭 필요한 것이었기 때문이었습니다. 하지만 이제 나는 선한 사람들을 사랑하고 내 자신을 혐오하게 되었기 때문에, 그 진리를 인정할 수 있었습니다. 그러자 내게는 모든 것이 분명해졌습니다.

사람들을 고문하고 죄수들의 목을 자르는 일을 하며 평생을 살아온 사형집행인, 삶에 대한 아무런 소망 없이 온종일 술에 취해 살아가는 주정뱅이, 어둔 방에 있는 것이 싫고 환한 바깥으로 나가고 싶지만 밖에 나가면 죽을 것이라는 망상에 사로잡혀서 어둔 방에서 평생을 보내온 정신병자를 생각해 보십시오. 그리고 그들이 그들 자신에게 "삶이란 무엇인가"라고 자문해 본다고 생각해 보십시오. 분명히 그들이 떠올릴 수 있는 유일한 대답은 "삶은 가장 큰 악이다"라는 대답뿐일 것이고, 그 정신병자의 대답은 오직 그의 삶과 관련해서는 지극히 옳은 대답일 것입니다.

그렇다면 나도 그런 정신병자인 것인가요? 부자에다 지식인인 나 같은 부류에 속한 사람들은 모두 그런 정신병자인가요? 나는 우리가 정말 그런 정신병자들이라는 것을 깨달았습니다. 아니, 다른 사람들은 몰라도 어쨌든 적어도 나는 정신병자였습니다.

새는 원래부터 공중을 날아다니며 먹이를 모으고 둥지를 짓고 살아가도록 지음 받았습니다. 그리고 나는 새가 그런 일들을 하고 있는 것을 볼 때 기쁨을 느낍니다. 염소와 토끼와 늑대는 먹고 새끼를 낳아 기르며 살아가도록 지음 받았습니다. 그리고 나는 그런 동물들이 그렇게 하고 있는 것을 보면, 그들이 행복하고 그들의 삶은 의미가 있다는 것을 아주 분명하게 느낍니다.

그렇다면, 인간은 어떻게 해야 하는 것입니까? 인간도 그 동물들과 마찬가지로 자신의 생존을 위해 일해야 하지만, 인간은 자기 자신을 위해서가 아니라 모든 사람을 위해서 일해야 하기 때문에, 자신만을 위해서 일하는 경우에는 살아갈 수 없다는 것이 동물들과 다릅니다. 그리고 인간이 모든 사람을 위해 일할 때, 나는 그런 인간은 행복하고 그의 삶은 의미가 있다는 것을 아주 분명하게 느낍니다.

나는 나의 책임으로 살아온 30년 동안 무엇을 하며 살아온 것입니까? 나는 모든 사람을 위해 일하며 살아오지도 않았고, 심지어 내 자신을 위해 일하며 살아오지도 않았습니다. 나는 기생충처럼 살아왔고, 지난 세월 내가 무엇을 위해 살아왔는지를 스스로에게 물어보면, "나는 그 어떤 것을 위해서도 살아오지 않았다"는 대답만을 들을 수 있을 뿐이었습니다. 인간이 살아가는 의미가 인간의 삶을 지지해 주는 일을 하는 데 있다면, 나는 인간의 삶을 지지해 주는 것이 아니라 도리어 내 자신을 비롯한 많은 사람들의 삶을 파괴하는 일을 하면서 30년을 살아왔습니다. 그러므로 어떻게 내가 내 삶은 악하고 무의미하다는 것 외의 다른 대답을 얻을 수 있었겠습니까? 정말 나의 삶은 악하고 무의미했습니다.

만유의 삶은 누군가의 의지에 따라 영위됩니다. 누군가가 우리의 삶은 물론이고 존재하는 모든 것의 삶을 통해서 자신의 목적을 이루어갑니다. 이 의지를 이해하기 위해서는 우리는 먼저 그 의지가 우리에게 요구하는 것을 행함으로써 그 의지를 이루어야 합니다. 그 의지가 내게 요구하는 것을 내가 행하지 않는다면, 나는 그 의지가 내게 요구하는 것이 무엇인지를 결코 알 수 없고, 그 의지가 우리 모두와 만유에 요구하는 것이 무엇인지는 더더욱 알 수 없게 됩니다.

누군가가 사거리에서 구걸하고 있던 헐벗고 굶주린 거지를 넓은 과수원의 기계실로 데려와서, 먹을 것과 마실 것을 주면서, 거기에 있는 어떤 장치의 손잡이를 위아래로 조작하는 일을 시키면, 그 거지는 왜 자기가 데

려와져서 이 손잡이를 조작해야 하는지, 그리고 과연 이 과수원이 제대로 잘 돌아가고 있는지를 생각하기 전에, 먼저 그 손잡이를 조작해야 합니다. 그리고 손잡이를 조작하는 순간, 비로소 그는 그 손잡이가 펌프를 작동시키고, 그 펌프는 물을 길어 올려서 과수원 곳곳으로 이어진 수로들로 내보내는 것을 보게 될 것입니다. 그런 후에, 그는 과수원으로 데려가져서 과일들을 거두며 주인의 즐거움에 참여하게 될 것입니다. 처음에는 허드렛일들을 하던 그에게 시간이 지나면서 점점 더 중요한 일들이 맡겨지게 될 것이고, 그는 자기가 속한 과수원의 구조와 운영에 대해 점점 더 많이 알게 되고 거기에 더 깊숙이 참여하게 될 것입니다. 그 때가 되면, 그는 자기가 왜 여기에 와 있는지를 묻지 않게 될 것이고, 자기를 그 곳에 데려 온 주인을 비난하지도 않게 될 것입니다.

마찬가지로, 우리가 가축처럼 여기는 단순하고 무식한 노동자들은 주인을 비난하지 않고 주인이 그들에게 시키는 일들을 행함으로써 주인의 뜻을 이룹니다. 그러나 지혜롭다고 하는 우리는 주인이 주는 음식을 먹으면서도 주인이 우리에게 요구하는 것을 행하지 않고, 도리어 함께 둘러앉아서 "우리가 왜 손잡이를 조작하는 이 쓸데없고 어리석은 일을 해야 하는가"라고 반문하며 토론하고 숙고를 거듭한 후에, "주인은 어리석거나, 존재하지 않고, 오직 우리만이 유일하게 지혜롭고 똑똑한 자들인데, 우리가 알게 된 유일한 것은 우리의 삶은 아무짝에도 소용없고 무의미하기 때문에, 우리는 어떻게 해서든지 이 삶을 벗어나야 한다는 것이다"라는 결론을 내립니다.

제 12 장

➤─── ●●● ───◄

하느님을 찾는 과정

이성적 지식의 이러한 오류들을 깨닫게 되자, 모든 것을 이성적으로 생각하고 결론을 내려서 이론화하는 것이 얼마나 헛되고 허망한지를 알게 되었고, 그 결과 그런 유혹에서 벗어나는 것이 더 수월해졌습니다. 진리를 아는 지식은 오직 삶 속에서만 발견될 수 있다는 확신은 내 자신이 지금까지 살아온 삶의 방식이 올바르고 가치 있다는 것을 의심하게 만들었습니다.

나를 구원해 준 것은, 내 안에 갇혀 살아왔던 나의 지난날의 폐쇄적인 삶의 틀을 깨고 나와서, 소박하게 일하며 살아가는 사람들의 참된 삶을 보게 되었고, 오직 그런 삶만이 진정한 삶이라는 것을 깨닫게 된 것이었습니다. 내가 삶과 그 의미를 깨닫고자 한다면, 기생충 같은 삶이 아니라 진정한 삶을 살아야 하고, 그 진정한 삶의 일부가 되어 살아온 인류의 대다수가 인간의 삶에 부여해 온 의미를 받아들여서 그런 삶을 살려고 시도해야 한다는 것을 깨달았습니다.

그 시기에 나의 상태는 이런 것이었습니다. 나는 1년 넘게 거의 매 순간마다 "노끈이나 권총으로 자살하는 것이 더 낫지 않겠는가"라고 내 자신에게 자문하며 살았습니다. 그리고 내가 지금까지 설명한 생각들과 고찰들을 경험함과 동시에, 나의 마음은 괴롭고 고통스러운 감정에 사로잡혀 끊임없이 시달렸습니다. 이 감정은 하느님을 찾는 것이었다는 말 이외의 다른 것으로는 설명할 수 없는 것이었습니다.

하느님을 찾는 나의 그러한 시도는 이성적인 사고와 추론의 과정이 아니었고 하나의 감정이었습니다. 왜냐하면, 그것은 나의 일련의 사고 과정에서 생겨난 것이 아니라, 도리어 사실은 나의 사고나 추론을 역행해서 내 마음과 정서로부터 생겨난 것이었기 때문입니다. 그것은 마치 외딴 섬에서 온통 내게 생소한 것들에 둘러싸인 채로 고아처럼 홀로 버려진 채로 두려워 떨고 있는 것 같은 그런 감정이었고, 누군가가 나를 도와 주기를 간절하게 바라는 감정이었습니다.

나는 하느님의 존재를 증명하는 것이 불가능하다는 것을 절대적으로 확신하고 있었음에도 불구하고(칸트가 그것을 내게 보여주었고, 나는 그것이 증명될 수 없다는 것을 온전히 이해하고 있었다), 하느님을 발견했으면 하는 희망을 가지고 하느님을 찾아 헤맸고, 예전에 기도했던 습관으로 다시 돌아가서, 내가 찾고자 했지만 발견할 수 없었던 하느님에게 기도하기도 했습니다. 또한, 하느님의 존재는 증명할 수 없다는 칸트와 쇼펜하우어의 논리들을 마음속으로 다시 하나하나 검토해 나가면서 반박하기 시작했습니다.

나는 내 자신에게 이렇게 말했습니다. "원인은 공간이나 시간과 동일한 사고 범주에 속하지 않는다. 내가 존재한다면, 거기에는 반드시 원인이 있어야 하고, 그 원인은 모든 원인들의 원인일 수밖에 없다. 그리고 모든 것의 원인은 우리가 하느님이라고 부르는 것이다." 나는 이 생각에 계속해서 몰두하고 집중해서, 나의 전 존재를 다해서 이 원인의 실재를 인식하려고 애썼습니다. 그리고 나를 주관하는 어떤 힘이 존재한다는 것을 인정하자마자, 그 즉시 나는 내가 살아갈 수 있을 것 같다는 가능성을 느꼈습니다.

나는 내 자신에게 이렇게 물었습니다. "이 원인 또는 이 힘은 무엇이란 말인가? 나는 그것에 대해 어떻게 생각해야 하는가? 나는 내가 하느님이라 부르는 그것과 어떤 관계에 있는 것인가?" 그러나 내게 생각난 것은 오직 친숙한 대답들뿐이있습니다. "하느님은 창조주이시고 전능자이시다." 그런 대답들은 나를 만족시켜 주지 못했고, 내가 살아가기 위해서 꼭 필요한 어떤 것이 내 안에 여전히 결여되어 있다고 느꼈습니다.

나는 공황상태에 빠졌고, 내가 찾고자 한 분에게 나를 도와달라고 기도하기 시작했습니다. 하지만 내가 기도하면 할수록, 하느님은 나의 기도를 듣고 있지 않고, 내가 하소연할 분은 정말 아무도 없다는 것이 더 분명해졌습니다. 하느님은 없고 내가 하소연할 분도 없다는 생각에, 나의 마음은 비탄으로 가득 차서, 나는 이렇게 소리쳤습니다. "주여, 내게 자비를 베풀어 주시고, 나를 구해 주십시오! 오, 주여, 나를 가르치셔서 내게 길을 보여 주십시오!" 하지만 내게 자비를 베풀어 주는 분은 아무도 없었고, 나는 내 삶이 끝나가고 있다고 느꼈습니다.

하지만 여러 가지 서로 다른 관점에서 반복해서 아무리 생각해 봐도, 나는 어떤 원인이나 이유나 의미 없이 이 세상에 태어난 것일 수 없고, 내 자신이 느끼고 있는 것처럼 내가 둥지에서 떨어진 새끼일 수 없다는 동일한 결론에 도달할 수밖에 없었습니다. 설령 내가 무성한 풀 속에 엎어져서 울고 있는 새 새끼라고 할지라도, 내가 그렇게 우는 이유는 어미 새가 나를 사랑해서 따뜻하게 품어 세상에 태어나게 하고 먹여 키웠다는 것을 알기 때문일 것입니다. 그렇다면 그 어미 새는 어디에 있는 것입니까? 내가 버려진 것이라면, 도대체 누가 나를 버린 것입니까? 나는 나를 사랑한 누군가가 나를 낳았다는 사실을 외면할 수도 없었고 떨쳐 버릴 수도 없었습니다. 그 "누구"는 대체 누구란 말입니까? 또 역시 하느님인 것입니까?

나는 내 자신에게 말했습니다. "하느님은 내가 하느님을 찾고 있다는 것, 그렇게 하기 위해 고군분투하고 있다는 것, 그리고 나의 통렬한 슬픔을 알고 계신다. 하느님은 존재하는 거야." 내가 그것을 인정하는 순간, 내 안에서는 생명이 살아났고, 나는 살아갈 수 있는 가능성과 삶의 기쁨을 느꼈습니다. 나는 하느님이 존재한다는 것을 인정하고서, 또다시 하느님과 나의 관계가 어떤 것인지를 찾아나서면, 우리의 창조주이신 삼위일체 하느님이 자기아들이자 우리의 구주를 보내셨다는 생각을 떠올리게 되었습니다. 그러면 또다시 하느님은 나와 세계로부터 저 멀리 동떨어져 계시는 존재가 되어 버려서, 내 눈 앞에서 얼음처럼 녹아서 아무것도 남기지 않은 채 흔적도 없이 사라져 버리고, 내 안에 잠시 솟아났던 생명은 말라 버렸습니다. 나는 또다시 절망 속으로 빠져들어서, 자살하는 길 외에는 다른 길이 없다고 느꼈습니다. 그리고 무엇보다도 비참하고 최악이었던 것은 내 자신은 자살조차 할 수 없다는 것을 스스로 알고 있었다는 것이었습니다.

살아갈 수 있을 것 같다는 생각에 기쁨을 느끼다가도, 갑자기 도저히 살아갈 수 없을 것 같은 생각이 들어서 절망의 나락 속으로 빠져드는 일이 두세 번이 아니라 수십 번, 아니 수백 번 반복되었습니다.

이른 봄의 어느 날에 일어난 일을 나는 지금도 똑똑히 기억하고 있습니다. 나는 숲 속에 혼자 서서 내 귓가에 들려 오는 온갖 소리들을 들으며, 지난 3년 동안 내내 생각해 왔던 것을 골똘히 생각하고 있었습니다. 그것은 또다시 하느님을 찾는 것이었습니다.

나는 내 자신에게 이렇게 말했습니다. "그래, 하느님은 존재하지 않아. 나의 상상 속에서가 아니라 나의 삶처럼 현실에 존재하는 하느님은 없어. 이적도 단지 나의 상상의 일부일 뿐이고 비이성적인 것이기 때문에 하느님이 존재한다는 것을 증명해 주는 증거가 될 수 없어."

하지만 그 순간 나는 내 자신에게 이렇게 반문했습니다. "그렇다면, 나는 분명히 하느님을 찾고 있는데, 나의 그런 인식은 어디에서 온 것이지?" 그런 생각에 직면하자, 내 안에서는 또다시 생명의 물결이 약동하면서 기쁨이 솟아났고, 내 주변의 모든 것이 의미를 지니고 되살아났습니다. 그러나 나의 기쁨은 오래가지 못했습니다.

나의 사고가 계속해서 작동했고, 나는 내 자신에게 이렇게 말했습니다. "하느님에 대한 인식은 내가 내 안에서 만들어낼 수도 있고 만들어내지 않을 수도 있는 것이기 때문에, 내가 찾고 있는 그것이 아니다. 그것 없이는 삶이 있을 수 없는 것, 나는 바로 그것을 찾고 있는 것이다." 이런 생각에 도달하자, 내 안에 있는 모든 것과 내 주변의 모든 것은 또다시 죽어가기 시작했고, 내 속에서는 또다시 자살하고자 하는 마음이 생겨났습니다.

나는 사고를 멈추고서, 내 자신, 즉 내 안에서 무슨 일이 벌어지고 있는 것인지를 들여다보고서는, 지난날 내 안에서 생명이 죽었다가 다시 살아난 일이 수백 번이나 반복되었던 것을 떠올렸고, 내가 하느님을 믿었을 때에만 오직 살아 있을 수 있었다는 것을 기억해 냈습니다. 그 때에도 나는 지금처럼 내게 이렇게 말했습니다. "내가 하느님을 믿었을 때에는 내가 살아나고, 하느님을 믿지 않거나 잊어버렸을 때에는 내가 죽는구나. 이렇게 죽는 것과 다시 살아나는 것은 도대체 무엇인가? 내가 하느님의 존재를 믿는 믿음을 잃었을 때 죽게 된다는 것은 분명하다. 만일 하느님을 찾게 될 것이라는 희미한 희망이 내게 없었다면, 나는 이미 오래 전에 자살하고 말았을 것이다. 나는 하느님을 인식하고 찾을 때에만 진정으로 살아 있게 된다. 그렇다면 네가 찾고 있는 그것은 무엇인가?"

내 안에서 어떤 음성이 소리쳤습니다. "하느님은 존재한다! 하느님 없이는, 사는 것은 불가능하다. 하느님을 아는 것과 사는 것은 하나이고 동일한 것이다. 하느님은 생명이다. 하느님을 찾는 삶을 살아라. 하느님 없이는 삶이라는 것은 있을 수 없다!" 이 음성을 듣는 순간, 내 안에 있는 모든 것과 내 주변의 모든 것이 이전의 그 어느 때보다도 더 강력하게 환해졌고, 그 이후로 그 빛은 나를 떠나지 않았습니다.

이렇게 해서 나는 자살 충동으로부터 벗어났습니다. 언제 그리고 어떻게 이러한 변화가 내 안에서 일어났는지는 내 자신도 알 수 없었습니다. 내 안에 있던 삶의 힘이 내가 알지 못하는 사이에 서서히 빠져나가다가 마침내 소멸되어 버려서, 더 이상 살아갈 수 없다는 생각과 함께 내 삶이 멈춰 서 버리고, 자살 충동이 강하게 일어났던 것처럼, 이 삶의 힘도 내가 알지 못하는 사이에 서서히 내게 돌아왔습니다. 그런데 이상하게도 내게 돌아온 그 삶의 힘은 새로운 것이 아니었고, 오래 전에 내 삶의 초기에 내게 있었던 바로 그 힘이었습니다.

나는 유년기와 청소년기에 내 안에 있던 것으로 돌아갔습니다. 나를 이 세상에 태어나게 했고 내게 무엇인가를 요구했던 바로 그 "의지"를 믿는 신앙으로 돌아갔습니다. 내 삶의 가장 중요하고 유일한 목적은 내가 더 나은 사람이 되는 것, 즉 이 의지를 따라 살아가는 것이라는 생각으로 돌아갔습니다. 내게는 오랫동안 숨겨져 있었던 것, 즉 인류가 까마득히 먼 옛날에 찾아내어서 자신의 안내자로 삼아왔던 것 속에 그 "의지"가 나타나 있는 것을 발견할 수 있을 것이라는 확신으로 돌아갔습니다. 달리 말하면, 나는 하느님과 도덕적 완전, 그리고 삶에 의미를 부여했던 저 전통에 대한 신앙으로 돌아갔습니다. 차이점이 있다면, 전에는 이 모든 것을 무의식적으로 받아들였던 반면에, 지금은 그것 없이는 내가 살 수 없다는 것을 알게 되었다는 것이었습니다.

내게 일어난 일은 다음과 같은 것이었습니다. 내가 언제 작은 배를 탔는지가 기억나지도 않는데, 나는 어느 이름 모를 강가로부터 떠밀려서 큰 강 위에 떠 있는 작은 배 속에 있는 내 자신을 발견했습니다. 나는 큰 강 위에 홀로 남겨져 있었고, 내 눈에는 반대 방향의 강가가 보였으며, 나의 서투른 손에는 누가 쥐어져 있었습니다. 나는 있는 힘을 다해서 노를 저어서 앞으로 나아갔지만, 강의 중앙을 향해 노를 저어갈수록, 물살의 흐름은 더 거세져서, 내가 탄 배는 목적지로부터 점점 멀어질 뿐이었고, 나와 똑같이 물살에 휩쓸려 떠내려가는 사람들을 계속해서 많이 만나게 되었습니다.

혼자 계속해서 노를 젓는 사람들도 있었고, 노 젓는 것을 아예 포기해 버린 사람들도 있었으며, 사람들이 많이 탄 큰 배들도 있었습니다. 물살을 거슬러 올라가려고 애쓰는 배들도 있었고, 그렇게 하기를 포기해 버린 배들도 있었습니다. 나는 그렇게 물살을 따라 떠내려가는 배들을 바라보면서 노를 저었는데, 노를 저으면 저을수록, 원래 내게 주어졌던 방향을 점점 더 잊어버리게 되었습니다. 많은 배들이 휩쓸려 떠내려가고 있는 그 물살의 한복판에서 나는 방향을 잃어버렸고 노 젓는 것을 포기해 버렸습니다.

모든 방향에서 온 돛단배들과 노 젓는 배들이 물살에 휩쓸려 떠내려가고 있는데, 거기에 탄 사람들은 이렇게 가는 것이 맞고, 우리가 가야 할 다른 방향은 존재할 수 없다고 나와 그들 자신에게 장담하며, 자신들은 제대로 잘 가고 있는 것이라고 말하며 기뻐서 소리쳤습니다. 나는 그들의 말을 믿었고, 그들을 따라 함께 떠내려갔습니다.

한참을 떠내려가다가, 급류가 내는 요란한 소리가 내 귀에 들렸는데, 그 급류에 휘말렸다가는 내 배는 여지없이 박살이 날 것이었습니다. 이미 그 급류에 휘말려 들어가서 이미 박살이 난 배들도 내 눈에 보였습니다. 그 때 나는 제정신으로 돌아왔습니다. 오랜 시간 동안 내게 무슨 일이 벌어져 왔었는지를 알 수 없었습니다. 내 눈 앞에는 오직 멸망만이 보였고, 나는 그 멸망을 향해 쇄도하고 있었습니다. 나는 몹시 두려웠지만, 그 어디에서도 구원을 볼 수 없었고, 어떻게 해야 할지를 알지 못했습니다.

그 순간 뒤를 돌아다보았을 때, 무수히 많은 작은 배들이 과감하게 물결을 거슬러서 올라가고 있는 모습을 보았고, 나는 전에 내가 반대편 강가를 향해 노를 저어 갔었다는 사실을 기억해 내고서, 다시 한 번 그 강가를 향해 힘겹게 노를 저어서 물살을 거슬러 올라가기 시작했습니다.

강가는 "하느님"이었고, 강가로 가는 길을 지시해 준 것은 "전통"이었으며, 노는 강가를 향해 노를 저어가서 하느님과 연합하라고 내게 주어진 "자유"였습니다. 이렇게 해서 내 안에서는 삶의 힘이 다시 생겨났고, 나는 다시 한 번 살아가기 시작했습니다.

제 13 장

인간이 사는 목적 : 신앙의 본질

나와 같은 부류의 계층에 속한 사람들의 삶은 사실은 진정한 삶이 아니라 단지 삶을 흉내 내는 것일 뿐이고, 그런 사람들이 살아가는 사치스럽고 풍족한 삶은 삶의 의미를 깨달을 수 있는 가능성을 그들에게서 빼앗아가 버린다는 것을 깨닫고서, 나는 부유한 식자층의 삶을 버리고 돌아섰습니다. 나는 삶을 제대로 이해하기 위해서는 기생충 같은 삶을 살아가는 소수의 무리의 삶이 아니라, 노동을 하며 소박하게 살아가는 단순한 사람들의 삶과 그들이 자신들의 삶에 부여한 의미를 이해해야 한다는 것을 알았습니다. 내 주변에서 노동을 하며 살아가는 평범한 사람들은 러시아의 백성들이었기 때문에, 나는 그들에게 눈을 돌려서, 그들이 삶에 부여한 의미가 무엇인지를 눈여겨보았습니다.

그들이 삶에 부여한 의미를 군이 말로 표현하자면 이런 것이었습니다. "모든 사람은 하느님의 의지에 따라 이 세상에 태어난다. 하느님은 우리 각 사람이 자신의 영혼을 멸망시킬 수도 있고 구원할 수 있는 그런 방식으로 인간을 창조하셨다. 인간이 사는 목적은 자신의 영혼을 구원하는 것이다. 인간이 자신의 영혼을 구원하기 위해서는 하느님의 의지를 따라 경건하게 살아가야 하고, 경건하게 살아가기 위해서는 삶의 모든 쾌락들을 버리고 성실하게 일하며 겸손하고 고통을 감내하며 자비롭게 살아가야 한다.”

이것은 사람들이 목회자들에 의해서, 그리고 자신들의 삶의 일부를 형성하고 있고 그들의 전설이나 격언이나 전해 오는 이야기들 속에 표현되어 있는 전통들에 의해서 그들에게 전해져온 온갖 종교적인 가르침으로부터 얻은 삶의 의미입니다. 그런 삶의 의미는 내게 분명한 것이었고 내 마음에 와 닿는 것이었습니다.

그러나 내가 함께 산 이단이 아닌 사람들의 신앙 속에는 그러한 삶의 의미와 더불어서, 내게 거부감을 주고 나로서는 도저히 이해할 수 없는 많은 것들, 즉 성례전, 교회 예배, 금식, 성물과 성상 숭배 같은 것들이 떼려야 뗄 수 없을 정도로 깊이 뿌리를 내리고 있었습니다. 사람들은 이 둘을 분리할 수 없었고, 그것은 나도 마찬가지였습니다. 사람들의 신앙 속에 뒤섞여 있는 그런 많은 것들은 내게 너무나 이상한 것들이었지만, 나는 그 모든 것들을 받아들여서, 교회의 예배에 참석하였고, 아침과 저녁으로 기도하였으며, 금식하였고, 성찬에도 참여했습니다. 처음에는 나의 이성이 그런 것들을 전혀 반대하지 않았습니다. 전에는 나의 이성의 반대로 내가 절대로 할 수 없었던 것들이 이제는 내 안에서 그 어떤 반대도 불러일으키지 않았습니다.

이제 신앙에 대한 나의 태도는 이전과는 판이하게 달라져 있었습니다. 전에는 나의 삶은 의미로 충만해 보였던 반면에, 신앙은 삶과는 아무 상관이 없는 완전히 불필요하고 비이성적인 많은 명제들을 자의적으로 주장하는 것처럼 보였었습니다. 당시에는 그러한 명제들이 무슨 의미를 가질 수 있느냐고 스스로 자문한 후에, 그런 것들은 아무 의미도 지니지 못한다고 확신하고서 내던져 버렸었습니다. 하지만 지금은 그 때와는 정반대로,

나는 나의 의심할 수 없이 분명한 경험을 통해서, 내 삶은 아무런 의미도 지니고 있지 않고 어떤 의미를 지닐 수도 없다는 것을 너무나 잘 알게 되었고, 신앙의 가르침들은 내게 불필요한 것이기는커녕, 오직 신앙의 그런 명제들만이 삶에 의미를 부여해 줄 수 있다는 확신에 도달하게 되었습니다. 전에는 그런 명제들은 나의 삶과는 아무런 관련이 없고 난해하기만 한 것들로 여겼지만, 이제 나는 비록 내가 그것들을 잘 이해하지 못한다는 것을 알지만, 그럼에도 불구하고 그 명제들 속에는 의미가 있다는 것을 알고 있기 때문에, 그 명제들을 배워서 이해해야 한다고 내 자신에게 말했습니다.

나는 속으로 다음과 같이 생각하고 내 자신에게 말했습니다. "신앙에 대한 지식은 이성을 지닌 온 인류와 마찬가지로 신비로운 근원으로부터 생겨나고, 그 근원은 인간의 정신과 육신의 기원인 하느님이다. 나의 육신이 하느님으로부터 나왔듯이, 나의 이성과 삶에 대한 나의 이해도 하느님으로부터 나왔다. 그러므로 그러한 이해가 발전하면서 거치는 여러 단계들이 거짓일 수가 없고, 사람들이 진심으로 믿고 있는 것들은 진리일 수밖에 없다. 그 진리는 여러 가지 방식으로 다양하게 표현될 수 있지만, 거짓일 수는 없다. 그러므로 내가 그것을 거짓으로 생각한다면, 그것은 오직 내가 그 진리를 이해하지 못하고 있다는 것만을 의미할 수 있을 뿐이다."

또한, 나는 내 자신에게 이렇게 말했습니다. "모든 신앙의 본질은 죽음으로 없어지지 않는 의미를 삶에 부여하는 데 있다. 신앙은 온갖 사치와 향락 속에서 죽어가는 제왕이든, 노동으로 기진맥진한 늙은 농노이든, 아무것도 모르는 아이든, 지혜로운 노인이든, 지능이 좀 모자라는 노파이든, 행복한 젊은 여인이든, 정욕과 혈기로 고통 받는 청년이든 모든 사람의 의문에 대해 대답을 제시해 주어야 한다. 그리고 신앙이 천차만별의 생활환경 속에서 서로 다른 수준의 교육을 받고 살아가는 모든 사람들에게 대답이 되어야 하는 것이라면, 신앙 자체는 '나는 왜 살고, 내 삶의 목적은 무엇인가'라는 영원한 질문에 대한 유일한 대답이고, 그 대답은 본질적으로는 언제나 동일할지라도, 표현 방식은 무수히 다양할 수밖에 없다. 그 대답은 유일무이하고 진실하며 심오할수록, 각 개인의 교육 정도와 생활환경에 따라 표현되는 형태는 더 이상하고 특이하게 보이게 될 것이다."

그러나 이러한 논리는 종교 의식들과 관련해서 내게 이상하게 보였던 것들을 많이 정당화해 주는 것이긴 했지만, 그럼에도 불구하고 특히 신앙이 내 삶의 유일한 관심사가 되면서부터는, 나로 하여금 내가 의심스럽다고 느낀 종교 행위들을 행할 수 있게 하는 데는 여전히 역부족이었습니다. 나는 나의 전 존재를 기울여서 있는 힘을 다해 사람들과 함께 어울려 그들의 신앙의 제의적인 측면들도 똑같이 행해 보려고 했고, 그렇게 되기를 원했지만 끝내 그렇게 할 수는 없었습니다. 내가 그렇게 한다면, 그것은 내 자신을 속이는 것이고, 내가 신성한 것이라고 여긴 것을 우롱하는 것이라고 느꼈기 때문이었습니다. 하지만 그것과 관련해서 나는 러시아의 몇몇 새로운 신학자들이 쓴 책들을 통해서 도움을 받을 수 있었습니다.

이 신학자들의 설명에 의하면, 신앙의 기본적인 교리는 교회의 무오성이라는 것이었습니다. 이 교리를 받아들이게 되면, 거기로부터 필연적으로 교회가 신봉하는 모든 것은 진리라는 결론이 도출됩니다. 그래서 사랑 안에서 연합되고 진리를 고백하는 신자들의 모임인 교회가 내 신앙의 토대가 되었습니다.

나는 내 자신에게 이렇게 말했습니다. "종교적인 진리는 어느 한 사람에 의해서 독자적으로 도달될 수 없고, 오직 모두가 사랑으로 연합된 사람들의 모임에만 계시된다. 진리에 도달하기 위해서는 분열이 있어서는 안 되고, 분열이 없기 위해서는 생각이 다른 사람들이 서로 사랑하고 화합하여야만 한다. 진리는 사랑이 있는 곳에 나타나고, 교회의 종교의식들을 존중하지 않는 것은 사랑을 파괴하는 것이다. 사랑을 파괴하는 것은 진리를 알 수 있는 가능성을 자기 자신에게서 빼앗아 버리는 것이다."

나는 이러한 논리가 궤변이라는 것을 당시에는 알지 못했습니다. 사랑 안에서의 연합은 가장 큰 사랑을 드러낼 수는 있겠지만, 니케아 신조에 명확한 말로 표현된 하느님의 진리를 드러내 줄 수는 없다는 것을 알지 못했고, 사랑은 어느 특정한 진리의 표현을 연합의 조건으로 삼을 수 없다는 것도 알지 못했습니다. 당시에 나는 이 논리 속에 내재된 결함들을 알지 못했고, 그 덕분에 정교회의 모든 종교의식들을 거의 이해하지도 못한 채로 받아들이고 행할 수 있었습니다. 내게 잘 납득이 되지 않는 교리들을 반박하는 논리들은 온 힘을 다해 피하고서 가능한 한 이성적으로 설명해서 받아들이려고 애썼습니다.

내 이성을 억누르고서 온 인류가 공유한 전통에 내 자신을 복종시키고자 하는 마음으로 교회의 모든 종교의식들을 받아들이고 참여했습니다. 나는 나의 조상들과 내가 사랑하는 사람들, 나의 아버지와 어머니, 나의 조부모와 연합되었습니다. 그들을 비롯해서 그들보다 앞서 살아갔던 모든 사람들은 신앙을 가지고 살아갔던 사람들이었고, 나를 이 세상에 태어나게 해준 사람들이었습니다. 그리고 나는 내가 그토록 존경하고 감탄해 마지않았던 무수히 많은 사람들과 연합되었습니다.

게다가, 나의 그러한 행위들은 나의 욕망을 채우려고 하는 것이 아니었기 때문에 악하거나 잘못된 것이 전혀 없었습니다. 교회에 가기 위해 아침 일찍 일어났을 때, 나는 나의 조상들이나 동시대인들과 연합하고 삶의 의미를 발견하기 위하여 나의 교만한 마음을 누르고 내 육신의 안락함을 희생시키고 있는 것이라는 점에서 선한 일을 하고 있는 것이라고 생각했습니다. 성찬식에 참여하거나 매일 기도문을 외우거나 예배에 참석해서 무릎을 꿇고 십자가 성호를 긋거나 금식할 때에도 마찬가지였습니다. 나의 그런 희생들은 아무리 사소한 것이라고 할지라도 선을 위한 것이었습니다. 나는 성찬식에 참여했고 금식했으며, 집에서나 교회에서나 기도 시간들을 지켰습니다. 교회 예배에 참석해서는 말씀 한 마디 한 마디를 경청했고, 할 수 있는 한 그 한 마디 한 마디에 의미를 부여하고자 했습니다. 미사를 올릴 때에 내게 가장 중요하게 다가온 말씀은 "우리 모두 한 마음으로 서로 사랑합시다"라는 말씀이었습니다. 물론, 그 뒤에 "우리는 하나 되어 성부와 성자와 성령을 믿나이다"라는 말씀이 나오지만, 나는 그 말씀은 이해할 수 없었기 때문에 그냥 넘겼습니다.

제 14 장

→•—————•••————•←

종교의식에 대한 의문들

당시에 내가 살기 위해서는 내게 신앙이 반드시 필요했기 때문에, 종교적
인 교리들에 내포된 모순점들과 모호한 것들을 무의식적으로 외면하고 덮
어 두었지만, 종교의식들에 의미를 부여하는 데에는 한계가 있었습니다.
사제가 짧은 청원기도를 올리면 신자들이 거기에 화답하는 연속기도에 나
오는 가장 중요한 내용들의 의미가 점점 더 분명하게 내게 들어왔고, 심지
어 "우리의 지극히 거룩하신 주 하느님의 어머니와 모든 성도들과 우리 자
신과 서로를 기억하며 우리 모두는 우리의 삶 전체를 우리 주 그리스도께
바치나이다"라는 말도 어느 정도 그 의미를 설명할 수 있었으며, 황제와
그 가족을 위한 기도를 자주 반복하는 것에 대해서도, 그들은 다른 사람들
보다 더 많이 시험에 노출되는 지위에 있는 사람들이어서, 그들을 위해 더
많이 기도하는 것이 필요하기 때문이라는 식으로 해석할 수 있었고, 우리
의 원수들과 대적들을 우리의 발 앞에 굴복시켜 달라는 기도에 대해서는,
어떤 사람들은 여기서 말하는 원수나 대적은 "죄"를 가리키는 것이라고
말하기도 했지만, 어쨌든 그들이 악하기 때문이라고 해석할 수 있었습니
다. 그럼에도 불구하고, 미사의 전부는 아니지만 거의 삼분의 이를 차지했
던 그룹 천사들과 택함 받은 전사들을 위한 기도들과 성찬식의 전 과정은
내게 아무런 의미도 없었고, 만일 내가 거기에 의미를 부여하려고 한다면,

나는 거짓말을 하는 것이 될 것이고, 그것으로 말미암아 하느님과 나의 관계가 파괴되고, 내가 신앙을 갖게 될 모든 가능성도 사라져 버릴 것 같이 느껴졌습니다.

교회의 주요 절기 때에도 나는 앞에서 말한 것과 동일한 생각과 감정을 경험했습니다. 안식일을 지키는 것, 즉 하루를 구별해서 하느님에게 바치는 것은 충분히 이해할 수 있는 것이었습니다. 그러나 교회가 가장 중요한 절기로 지켰던 "부활절"은 나로서는 그 실체를 상상하거나 이해할 수 없었습니다. 교회에서는 매 주일도 "부활일"로 불렀습니다(정교회에서는 주일과 부활절을 똑같이 이렇게 불렀다 - 역주). 그리고 매 주일마다 내가 그 의미를 도저히 이해할 수 없었던 성찬식을 거행했습니다. 성탄절을 제외한 다른 열두 번의 교회 절기들은 모두 하나 같이 이적들을 기념하는 것이었는데, 이적들은 내가 그것들을 부정하지 않기 위해 일부러 외면하고 생각하려고 하지 않았던 것들이었습니다. 승천절, 오순절, 현현절, 성모절 등등.

교회에서 지키는 이와 같은 절기들을 보면서, 나는 내가 가장 쓸데없다고 여긴 것들에 교회는 가장 큰 중요성을 부여해 왔다는 것을 알았습니다. 그래서 절기들이 거행될 때는, 내 마음을 안정시켜 줄 어떤 설명을 생각해낸다든지, 아니면 나를 시험하는 그런 것들을 보지 않으려고 일부러 눈을 감아 버렸습니다.

내 안에서 그런 생각과 감정이 가장 강력하게 일어난 것은 교회에서 가장 통상적이고 가장 중요한 성례전으로 여기는 것들, 즉 세례식과 성찬식에 참여할 때였습니다. 그런 종교의식들에서 나는 어떤 불가사의한 것과 마주한 것이 아니라, 나로서는 도저히 받아들일 수 없는 행위들임이 명백한 것과 마주한 것이었기 때문에, 그 행위들은 나를 시험하고 딜레마에 빠뜨려서, 내게 그것들을 거부하든지 아니면 그것들과 관련해서 거짓말을 지어내든지 둘 중의 하나를 하라고 압박하는 것처럼 느껴졌습니다.

내가 처음으로 성찬식에 참여했던 날에 경험했던 무척 고통스럽고 괴로웠던 심정은 오랜 세월이 흘러도 결코 잊혀지지 않을 것이었습니다. 예배, 참회, 기도 같은 것들은 모두 내가 그 의미를 이해할 수 있는 것들이었고, 내게 삶의 의미를 나타내 주고 있는 것이라고 생각되었기 때문에, 내 안에 기쁨이 생겨나게 해주었습니다. 성찬식 자체도 그리스도를 기념해서 행하는 것이고, 내가 죄에서 깨끗하게 되었다는 것과 그리스도의 가르침들을 온전히 받아들인 것을 상징하는 것이라고 해석했습니다. 그러한 설명은 내가 인위적으로 만들어낸 것이었을지라도, 나는 그것이 잘못된 것임을 알지 못했습니다.

소박하고 소심한 시골의 사제 앞에서 무릎을 꿇고 내 자신을 낮추어서 나의 죄를 고해할 때에는, 나의 모든 죄를 회개해서 내 영혼의 모든 더러운 것들을 떨쳐내 버린 것 같아 너무나 기뻤고, 이런 기도문들을 쓴 교부들의 겸손과 열망을 마음으로 함께 할 수 있는 것이 너무나 행복했으며, 과거에 신앙을 가졌거나 지금 신앙을 갖고 있는 모든 사람들과 내가 하나로 연합되어 있다는 것이 너무나 기뻤기 때문에, 나는 나의 그러한 해석들이 내가 만들어낸 인위적인 것임을 깨닫지 못했습니다.

그러나 내가 제단으로 나아갔을 때, 사제가 내게 내가 이제 받아먹게 될 것이 실제로 그리스도의 살과 피라는 것을 믿는다고 고백하라고 요구하자, 나는 내 심장은 쪼그라들면서 찢어질 것 같은 심한 통증을 느꼈습니다. 사제의 그 말은 단순히 거짓된 말이었을 뿐만 아니라, 그런 것을 넘어서서, 신앙이 무엇이라는 것을 전혀 모르고 있는 것이 분명한 사람의 입으로부터 나온 참으로 잔인한 요구였기 때문이었습니다. 지금에 와서는 내가 그것은 잔인한 요구였다고 분명하게 말할 수 있지만, 당시의 내게 그런 생각이 든 것은 아니었고, 단지 사제의 그 말이 내게 끔찍할 정도로 고통스러운 것이었을 뿐이었습니다.

젊은 시절의 나는 삶의 모든 것이 분명하고 투명하다고 생각했지만, 당시에는 더 이상 그렇게 생각하지는 않았습니다. 내가 신앙으로 나아가게 된 것은 신앙 없이는 내 삶 속에서 파멸 외에는 그 어떤 것도, 정말 아무것도 발견할 수 없었기 때문이었습니다. 신앙을 포기한다는 것은 내게 있을 수 없는 일이었습니다. 그래서 나는 내 자신을 꺾고 복종했고, 그것을 감당해 낼 수 있을 것 같은 생각이 들었습니다. 그것은 내 자신을 낮추고 낮아질 수 있을 것 같은 감정이었습니다.

나는 내 자신을 낮추고서 신앙을 갖고자 하는 일념으로, 신성모독이라는 느낌을 일축하고, 그 살과 피를 삼켰습니다. 그러나 나는 이미 심각한 타격을 받은 상태였습니다. 내가 성찬식에 참여하면 어떤 결과가 빚어질지를 미리 알고 있었기 때문에, 그 후로는 두 번 다시 성찬식에 참여할 수 없었습니다. 그럼에도 불구하고, 나는 계속해서 교회의 종교의식들에 참여했고, 내가 따르고 있는 교리들 속에 진리가 있다고 여전히 믿었습니다. 그 결과, 지금은 내게 분명하게 이해가 되지만 당시에는 신기해 보였던 일이 일어났습니다.

내가 어느 무식한 농부 순례자와 대화하면서, 그가 하느님과 신앙과 인생과 구원에 대해 들려주는 이야기를 경청하고 있었을 때, 신앙에 대한 지식이 내게 열렸습니다. 내가 대중들에게 더 가까이 다가가서, 인생과 신앙에 대해 그들이 말하는 것들을 경청했을 때, 점점 더 진리를 이해하게 된 내 자신을 발견했습니다.

나는 정교회의 성인들과 순교자들의 삶을 기록한 책들을 읽는 것을 좋아했는데, 그런 책들을 읽을 때에도 동일한 일이 내게 일어났습니다. 나는 이적들은 사상들을 비유적으로 나타낸 우회들이라고 여겼고, 따라서 이적들을 배제한 채로 그런 책들을 읽었는데, 그랬을 때 그 책들은 내게 삶의 의미를 보여 주었습니다. 성 마카리우스의 전기나 석가모니의 전기, 크리소스토모스의 글들, 우물 속의 나그네나 황금을 발견한 수도사나 세리 베드로에 관한 이야기들, 죽음이 삶을 말살시킬 수 없다는 것을 보여 준 순교자들의 전기들, 교회의 가르침들에 대해서는 전혀 알지 못했지만 구원을 받은 무식하고 우둔한 사람들에 관한 이야기들이 그런 것들이었습니다.

반면에, 식자층의 신자들과 어울리거나 그들이 쓴 책들을 읽으면, 그들이 말하는 것들에 대해서 의심과 불만과 분노가 내 안에서 생겨날 뿐이었습니다. 그리고 그들이 한 말들을 더 깊이 들여다볼수록, 내 자신이 진리로부터 더욱 멀어져서 점점 더 절망의 심연으로 빠져 들어가는 것을 느꼈습니다.

제 15 장

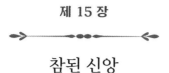

참된 신앙

글을 알지도 못하고 배움도 없는 농부들이 부러웠던 적이 한두 번이 아니었습니다. 내게는 너무나 분명하게 터무니없고 아무 짝에도 쓸데없는 쓰레기 같은 교리들인데, 그들은 그런 것들이 잘못되었다고 전혀 생각하지 않았기 때문에, 그런 것들을 받아들이면서도, 내가 믿은 것과 동일한 진리를 믿을 수 있었습니다. 오직 불쌍한 작자였던 내게만 그 진리가 아주 미세한 실들을 통해 거짓과 섞여 짜여져 있는 것이 분명하게 보여서 그것을 통째로 받아들일 수가 없었습니다.

나는 거의 3년을 그런 식으로 살았습니다. 처음에는 초신자로서 내게 가장 분명해 보이는 방향을 직감적으로 찾아내서 서서히 진리를 알아가고 있었기 때문에, 세세한 부분들은 별로 신경이 쓰이지 않았고, 어떤 것이 이해가 되지 않는 경우에는 "나는 죄인이고, 나는 어리석은 자다"라고 내 자신에게 말하고서는 그냥 넘어갈 수 있었습니다.

하지만 내가 찾고 있던 진리들을 더 깊이 알게 되고, 그 진리들이 점점더 내 삶의 토대가 되어가자, 그런 장애물들은 내 마음을 더 짓누르며 내게 더 큰 고통을 가져다주었고, 내가 아직은 이해할 수 없어서 내게 이해되지 않는 것들과 내 자신을 속이지 않고서는 결코 받아들일 수 없는 것들이 더 뚜렷하게 구별되었습니다.

이런 의구심들과 괴로움에도 불구하고 나는 여전히 정교회를 의지했고 굳게 붙잡았습니다. 그러나 내가 반드시 해결하지 않으면 안 되었던 삶의 의문들이 계속해서 표면으로 올라왔지만, 그러한 의문들에 대한 교회의 태도는 내 삶의 토대가 된 신앙과 반대되는 것이었기 때문에, 그것은 결국 내가 정교회에 몸담는 것을 불가능하게 만들었습니다.

무엇보다도 가장 심각하게 문제가 되었던 것은 다른 교단들, 즉 가톨릭과 이른바 "종파주의자들"에 대한 정교회의 태도였습니다(여기서 정교회는 개혁을 수용하지 않은 진영이었고, 종파주의자들은 개혁을 수용한 진영이었다 - 역주). 당시에 나는 종교와 신앙에 관심이 많았기 때문에, 가톨릭교도들, 개신교도들, 몰로칸교도들(종교의식을 거부하고 오직 성경만을 신봉한 종파 - 역주) 등 다양한 종파에 속한 신자들과 교류를 가졌고, 거기에서 진실한 신앙을 가지고 높은 수준의 도덕적인 삶을 살아가는 사람들을 많이 만났습니다. 그래서 그런 사람들과 형제가 되고 싶었습니다.

그런데 무슨 일이 벌어졌는지 아십니까? 모든 사람이 하나의 신앙과 사랑으로 연합해야 한다고 내게 가르치고 약속했던 교회가 그 최고의 대표자들을 통해서 내게 해 준 말은 다른 종파에 속한 모든 사람들은 거짓말에 속아서 살아가고 있는 사람들이고, 그들에게 삶의 힘을 수여한 것은 마귀의 시험이며, 오직 우리 종파만이 유일하게 참된 진리를 소유하고 있다는 것이었습니다. 이렇게 정교회는 그들과 동일한 신앙을 고백하지 않는 모든 사람들을 이단으로 여기고, 가톨릭을 비롯한 다른 종파들은 정교회 신자들을 이단으로 여긴다는 것을 나는 알게 되었습니다.

그리고 정교회 사람들이 그들과 외적으로 똑같은 상징들과 말들을 사용해서 신앙생활을 하지 않는 다른 모든 신자들을 적대적으로 대한다는 것도, 그들은 애써 그것을 숨기려고 했지만, 나는 그것을 알 수 있었습니다. 어쩌면 그들은 그렇게밖에 할 수 없었을 것입니다. 왜냐하면, 무엇보다도 먼저 "당신은 거짓 가운데 살고 있고 나는 진리 가운데 살고 있다"고 단언하는 것은 어떤 사람이 다른 사람에게 할 수 있는 말 중에서 가장 잔인한 말이기 때문이고, 둘째로는 자신의 자녀들과 형제들을 사랑하는 사람은 그들을 거짓된 신앙으로 이끌려고 하는 자들에 대해 적대감을 느낄 수밖에 없기 때문입니다. 그리고 신학을 더 많이 아는 사람일수록 그런 적대감은 더 커지게 됩니다. 이렇게 해서 진리는 사랑 안에서의 연합에 있다고 생각했던 나는 신학이 진리를 진전시키기는커녕 도리어 파괴하고 있다는 것을 분명하게 알게 되었습니다.

여러 가지 서로 다른 다양한 신앙들을 믿고 있는 나라들에 살면서, 가톨릭교도들이 정교회 신자들이나 개신교도들에 대해서, 정교회 신자들이 가톨릭교도들이나 개신교도들에 대해서, 개신교도들이 가톨릭교도들이나 정교회 신자들에 대해서 서로 절대로 용납할 수 없다는 듯이 적대적으로 배척하고 경멸하며 오직 자기만이 옳다고 주장하는 모습을 보는 것은 우리 같은 지식인들에게는 너무나 분명한 시험거리일 수밖에 없습니다. 그리고 러시아 정교회의 구교도들, 러시아 복음주의자들, 셰이커교도들, 그 밖의 다른 종파들 간에도 서로를 대하는 태도는 마찬가지였기 때문에, 너무나 분명한 이 시험거리 앞에서 나는 처음에는 그것을 어떻게 받아들여야 할지를 몰라서 혼란스럽고 당혹스러웠습니다.

나는 내 자신에게 이렇게 말했습니다. "이것은 그렇게 간단한 문제일 리가 없어. 두 가지 가르침이 서로 모순되는 경우에는, 어느 쪽도 신앙을 구성하는 유일한 진리를 소유한 것이라고 말할 수 없다는 것을 사람들이 모를 리가 없지 않은가. 여기에는 무엇인가 다른 것이 있어. 따라서 반드시 설명이 필요해."

나는 다른 원인이 있는 것이 분명하다고 느꼈기 때문에, 그 원인을 찾아내기 위해서, 내가 할 수 있는 한 이 주제와 관련된 것들을 모두 읽고, 내가 만날 수 있는 모든 사람들을 만나서 의견을 들어 보았습니다. 그러나 누군가가 말했듯이, 숨스키 경기병 연대 사람들은 자신들이 세계에서 가장 훌륭한 연대라고 생각하는 반면에, 옐로우 창기병 연대 사람들은 자신들이 세상에서 최고의 연대라고 생각한다는 것 이외의 다른 설명은 찾아낼 수 없었습니다.

서로 다른 모든 종파들의 성직자들은 자신들의 가장 훌륭한 대표자들을 통해서 자신들의 종파만이 진리를 소유하고 있는 반면에, 다른 종파들은 진리로부터 떠나 있고, 자신들이 그들을 위해 할 수 있는 일은 기도하는 것밖에 없다는 말 이외에 다른 말은 내게 해주지 않았습니다. 나는 대수도원장들, 주교들, 가장 엄격한 수도원들에 속한 나이 든 수도사들과 젊은 수도사들을 골고루 만나서 그들의 말을 들어 보았지만, 내게 이 문제를 속 시원하게 말해 주는 사람은 아무도 없었습니다. 오직 한 사람만이 내게 그 문제를 설명해 주었지만, 나는 그 사람의 대답을 듣고 난 후로는 이 문제를 누구에게 물어보고 싶은 마음이 사라져 버렸습니다.

나는 이렇게 말했습니다. "신앙으로 돌아오고자 하는 모든 불신자들(우리의 젊은 세대가 여기에 포함될 것이다)이 부딪치는 가장 큰 의문은 진리가 루터교나 가톨릭교에서는 발견될 수 없고 오직 정교회 신앙 속에서만 발견될 수 있는 이유는 무엇인가 하는 것입니다. 개신교도들과 가톨릭교도들이 각각 자신들의 신앙만이 유일한 진리라고 단언하고 있다는 것을 농부들은 모르겠지만, 적어도 중학교 교육을 받은 사람이라면 누구나 다 알고 있습니다. 각각의 종파가 자신들의 목적에 맞춰서 유리하게 왜곡해서 짜맞춘 역사적인 증거들로는 그 특정 종파의 가르침만이 진리라는 주장을 증명해 주기에는 충분하지 않습니다.

앞에서 이미 말했듯이, 각 종파의 가르침들을 좀 더 높은 차원에서 이해해서, 그 차이점들은 모두 사라지고, 그 모든 가르침들이 진정한 신앙을 지닌 모든 사람들에게 다 통용될 수 있게 할 수는 없는 것입니까? 신교도들이 구교도들과 서로 손을 맞잡고 같은 길을 따라 걸어갈 수는 없는 것입니까? 그들은 자신들이 십자가 성호를 긋고 할렐루야를 부르며 제단 주위를 도는 것이 우리와 다르다는 사실을 강조하지만, 우리가 '당신들은 니케아 신조와 일곱 가지 성례전을 믿고, 우리도 마찬가지이니, 우리는 그것만을 지킬 뿐이지만, 나머지는 당신들이 좋을 대로 하십시오'라고 말하면서, 신앙의 본질적인 면들을 비본질적인 면들보다 우위에 둔다면, 우리와 그들은 연합될 수 있을 것입니다.

또한, 가톨릭교도들에게는 '당신들은 이러저러한 중요한 것들을 믿고 있으니, '필리오케'('성자로부터')라는 어구(성령이 단지 성부에게서 나왔는지, 아니면 성부와 성자에게서 나왔는지를 놓고 가톨릭과 정교회가 갈라진 것을 가리킴 - 역주)라든지 교황 문제라든지 그런 것들은 당신들이 좋을 대로 하십시오'라고 말할 수는 없는 것입니까? 그리고 개신교도들에게도 동일하게 말해서, 좀 더 중요한 가르침들에서 그들과 연합할 수는 없는 것입니까?"

나의 질문에 대답을 해 준 단 한 명의 성직자는 내 생각에 동의하면서도, 내게 이렇게 말했습니다. "그러한 양보는 영적인 지도자들 사이에서 우리 조상들의 신앙에서 벗어난 것이라는 비난을 불러일으키게 될 것이고, 그 결과 종파의 분열을 초래하게 될 것입니다. 그리고 성직자의 본분은 우리 조상들로부터 전해 내려온 정교회 신앙을 모든 면에서 순수하게 보존하는 것입니다."

그 말을 듣는 순간, 나는 모든 것을 이해하게 되었습니다. 나는 인간을 살아갈 수 있게 해주는 힘으로서의 신앙을 추구하고 있었지만, 그들은 사람들의 눈으로 볼 때 인간의 의무라고 생각되는 것들을 수행할 수 있는 최선의 길을 추구하고 있었습니다. 그리고 그들은 그러한 인간적인 의무들을 수행하고자 할 때 그것들을 인간적인 방식으로 이루고자 합니다. 그들이 길을 잃고 멸망에 처한 형제들을 불쌍히 여긴다고 말하고, 전능자의 보좌 앞에 나아가 그런 형제들을 위해 기도한다고 할지라도, 그런 것들은 언제나 인간적인 의무들을 수행하는 데 꼭 필요한 일들이기 때문에 그렇게 하는 것일 뿐이었습니다. 그들은 지금까지 언제나 그렇게 해왔고, 지금도 그렇게 하고 있으며, 앞으로도 언제나 그렇게 할 것입니다.

두 종파가 각각 자신들은 진리를 가르치고 있고 다른 쪽은 거짓을 가르치고 있다고 생각한다면, 그들은 자신들의 형제들을 진리로 이끌기 위해서 각각 자신들의 교리를 가르치고자 할 것입니다. 그리고 특정 종파에 속한 미숙한 신자들을 거짓된 교리로 가르치는 사람들이 있다면, 그 종파에서는 자신들이 진리를 가르친다고 믿고 있기 때문에, 자기 교회의 미숙한 신자들을 유혹하여 진리에서 멀어지게 만들고 있는 그 사람들을 추방하고 그들이 쓴 책들을 불태우는 것 이외의 다른 선택의 여지가 없을 것입니다. 정교회의 눈으로 볼 때, 거짓된 교리의 불로 활활 타오르고 있는 어떤 종파주의자가 삶의 가장 중요한 문제, 즉 신앙의 문제에서 정교회의 신자들을 잘못된 길로 이끌고 있다고 생각이 된다면, 그 사람에게 어떤 조치를 취할 수 있겠습니까? 그 사람의 목을 치거나 감옥에 가두는 것 외에 다른 무엇을 할 수 있겠습니까? 알렉시스 미하일로비치 황제 치하에는 그런 사람들에게 화형이 집행되었습니다. 달리 말하면, 당시에 최고의 극형이 그런 사람들에게 적용되었다는 말입니다. 우리 시대에도 그런 사람들에게는 최고의 극형이 시행되고 있는데, 그것은 독방에 감금하는 것입니다. 종교와 신앙의 이름으로 무슨 짓이 자행되고 있는지에 나의 관심이 미치자, 나는 너무나 끔찍해서 공포에 사로잡혔고, 정교회의 신앙에 질려서 오만 정이 다 떨어졌습니다.

삶과 관련해서 또 한 가지 문제가 되었던 것은 전쟁과 살인에 대한 교회의 태도였습니다. 당시에 러시아는 전쟁 중이었는데, 러시아인들은 그리스도의 사랑을 빙자해서 동포들을 죽이고 있었습니다. 신자들이 그런 일을 생각하지 않는다는 것은 있을 수 없는 일이었고, 사람을 죽이는 것은 모든 신앙의 가장 기본적인 원리들과도 반대되는 악한 일이라는 사실도 피할 수 없는 것이었습니다. 그런데도 교회들에서는 우리 군대의 승리를 기원하는 기도들이 행해졌고, 우리의 종교 지도자들은 그런 살인행위를 신앙에서 나온 행위로 인정했습니다. 그리고 그런 살인행위는 전시 동안에만 인정된 것도 아니었습니다. 나는 전후의 혼란한 시기에 교회의 지도자들과 교사들과 수도사들이 힘없는 젊은이들이 살해되는 것을 묵인하고 눈감아주는 것도 목격했습니다. 기독교 신앙을 고백하는 사람들이 자행하는 이 모든 일에 눈을 돌렸을 때, 나는 경악하지 않을 수 없었습니다.

제 16 장

진리를 추구하며

나는 지금까지 내가 들어 왔던 신앙의 가르침들이 다 진리는 아니라는 것을 온전히 확신하게 되었고, 이제 거기에는 그 어떤 의심도 없었습니다. 전에는 모든 종교적인 가르침은 거짓이라고 말하곤 했었지만, 지금은 내가 그렇게 말하는 것은 불가능하다는 것을 발견했습니다. 대중들을 전체적으로 보았을 때에는 그들에게 진리에 대한 지식이 있다는 것은 의심의 여지가 없습니다. 만일 그렇지 않다면, 그들은 이 땅에서 살아갈 수 없을 것입니다. 게다가, 진리에 대한 그러한 지식은 내가 직접 확인해 본 것이었습니다. 나는 그 진리로 다가가서 그 진리를 따라 살았고, 그 진리가 옳다는 것을 확인했습니다.

그러나 그 진리에도 거짓이 들어 있었고, 그 점에 대해서도 내게는 전혀 의심이 없게 되었습니다. 지금까지 나로 하여금 반발하게 해왔었던 모든 것들이 그런 거짓들이었다는 것이 이제는 내게 너무나 분명해졌습니다. 내가 그토록 혐오했던 거짓들은 교회의 대표자들 사이에서보다는 농부들 사이에서 덜 두드러지긴 했지만, 그럼에도 불구하고 나는 대중들의 신앙 속에도 진리와 거짓이 뒤섞여 있는 것을 볼 수 있었습니다.

그렇다면, 그 거짓은 어디로부터 온 것이고, 그 진리는 어디로부터 온 것입니까? 진리와 거짓은 둘 다 교회라고 불리는 존재에 의해서 대대로 전해져 내려온 것들입니다. 그러나 거짓과 진리는 둘 다 전통, 이른바 거룩한 전통과 성경 속에 담겨 있습니다. 그래서 나는 좋든 싫든 성경과 전통들을 연구하고 살펴보지 않을 수 없게 되었는데, 실은 그 때까지 그런 것들을 살펴보는 일은 내가 무척 두려워해왔던 것이었습니다.

나는 전에 그토록 경멸하며 아무 짝에도 쓸데없는 것으로 여겨 배척해 왔던 바로 그 신학을 연구하는 일로 눈을 돌렸습니다. 전에는 내가 분명한 의미를 지니고 있고 의미로 충만하다고 생각한 삶의 일들로 둘러싸여 있었기 때문에, 신학을 말도 안 되는 쓸데없는 내용들을 잔뜩 모아 놓은 것으로 여겼었습니다. 하지만 나는 그런 삶의 일들이 내 마음과 정신을 건강하게 해주지 않는다는 것을 알았고, 그래서 기꺼이 다 버리고자 했습니다. 그리고 그런 후에 내가 어디로 눈을 돌려야 할지를 몰랐지만, 내가 알게 된 삶의 유일한 의미는 이 종교적인 가르침에 달려 있거나, 적어도 그 가르침과 떼려야 뗄 수 없게 연결되어 있었습니다.

이 가르침이 과거에 나의 미숙한 사고에 아무 짝에도 쓸데없는 것처럼 보였다고 할지라도, 지금은 그것이 나를 구원해줄 유일한 희망이었기 때문에, 비록 학문의 명제들을 이해할 때와 동일한 방식으로 이해할 수 없다고 하여도, 그것을 이해하기 위해 온 마음을 집중해서 주의 깊게 살펴보지 않으면 안 되었습니다. 나는 종교적 지식의 본질이 학문과 다르다는 것을 알고 있었기 때문에, 내가 학문을 연구하듯이 종교적인 가르침을 연구하려고 하지도 않았고, 그렇게 할 수도 없었습니다. 또한, 모든 것을 다 설명해 내려고 하지도 않았습니다. 모든 것들에 대한 설명은 모든 것들의 기원과 마찬가지로 영원한 신비이자 비밀로 남아 있을 수밖에 없다는 것을 알고 있었기 때문이었습니다.

그러나 나는 인간으로서 필연적으로 이해하지 못할 수밖에 없는 지점까지 도달함으로써, 이해할 수 있는 것들은 모두 이해하고 싶었습니다. 나의 지성의 올바른 요구들을 따라 내 지성이 허용하는 모든 것들은 내가 다 이해하게 되는 한편, 내 지성의 한계로 인해서 나로서 불가해한 모든 것들은 바로 그런 이유로 불가해하다는 것을 깨닫게 되기를 원했습니다. 니는 불가해한 모든 것들을 내가 신앙으로 믿어야 할 의무가 있기 때문에 믿는 것이 아니라, 그런 것들은 필연적으로 불가해한 것들이라는 것을 깨닫게 되기를 원했습니다.

내게는 종교적 가르침들 속에 진리가 있다는 것에 대해서 조금도 의심이 없었지만, 그 가르침들 속에는 거짓도 포함되어 있다는 것에 대해서도 마찬가지로 조금도 의심이 없었기 때문에, 나는 무엇이 진리이고 무엇이 거짓인지를 밝혀내어서 둘을 구분해야 했습니다. 이것이 내가 착수하려고 했던 일이었습니다. 내가 그 가르침 속들에서 어떠한 거짓들을 발견해냈고, 어떠한 진리들을 발견해내었으며, 어떠한 결론들에 도달하게 되었는가 하는 것은, 누군가가 그런 글이 가치가 있고 사람들에게 유익할 것이라고 생각한다면, 언젠가는 이 글의 후속편으로서 어딘가에서 출간될 것입니다.

후기

이 글은 내가 3년 전에 쓴 것이고, 머지않아 책으로 나오게 될 것입니다. 활자화된 인쇄본을 다시 읽고 교정을 하면서, 내가 그동안 겪어 왔던 나의 내면의 일련의 생각들과 감정들을 다시 되돌아보던 어느 날, 나는 꿈을 꾸게 되었습니다. 그 꿈은 내가 그동안 경험하고 글로 쓴 모든 것을 압축된 형태로 표현한 것이었기 때문에, 이 글을 읽고 나에 대해 알게 된 사람들이 내게서 그 꿈 얘기를 듣는다면, 이 글 속에서 아주 길게 설명되었던 모든 것들이 하나로 꿰어져서 아주 분명하고 새롭게 다가오게 될 것 같다는 생각이 들었습니다. 내가 꾼 꿈은 이런 것이었습니다.

내 눈에 내가 침대에 누워 있는 것이 보였습니다. 편안한 것도 아니었고 불편한 것도 아니었습니다. 그런데 나는 누워 있으면서, 내가 편안한 것인지 불편한 것인지를 생각하기 시작했고, 두 다리가 약간 불편하게 느껴졌습니다. 침대가 너무 짧아서 그런 것인지, 아니면 평평하지 않아서 그런 것인지를 알 수 없었습니다. 나는 두 다리의 위치를 옮김과 동시에, 내가 무엇 위에 누워 있고 어떻게 누워 있는지를 생각하기 시작했습니다. 조금까지만 해도 내 머릿속에는 그런 생각이 전혀 들지 않았었습니다. 그리고 침대를 보고서는, 침대의 양쪽 끝에 부착된 노끈들을 한데 땋아서 만든 밧술로 된 지지대들 위에 내가 누워 있는 것을 알았습니다. 내 발은 그 지지대들 중 하나 위에, 나의 장딴지는 또 다른 지지대 위에 얹혀 있어서, 나의 다리들이 불편했던 것이었습니다.

어떻게 하다 보니, 이 지지대들을 제거해 버릴 수 있다는 것을 알았고, 그래서 나의 다리 하나를 움직여서 내 발 아래에 있는 가장 먼 지지대를 밀어 버렸습니다. 그렇게 하면 좀 더 편안해질 것이라고 생각했습니다. 그런데 그 지지대를 너무 멀리 밀어내 버려서, 나의 두 다리로 다시 앞으로 끌어당기려고 했지만, 그러는 와중에 나의 장딴지를 받치고 있던 또 다른 지지대가 떨어져 나가서, 나의 장딴지는 허공에 대롱대롱 매달려 있게 되었습니다. 내 몸 전체를 움직여서 내가 누워 있는 위치를 조정하면, 이 문제가 해결될 것이 아주 확실해 보였습니다. 그러나 내가 움직이자, 그 과정에서 이번에는 나를 받치고 있던 더 많은 지지대들이 떨어져 나가 버렸고, 나는 상황이 더 악화되고 있다는 것을 알 수 있었습니다. 내 몸의 하반신 전체가 대롱대롱 매달려 있게 되었지만, 내 발은 땅에 닿지는 않았습니다. 나는 상반신만으로 간신히 내 몸을 지탱하고 있었고, 이제는 단지 불편할 뿐만 아니라 두렵고 무서운 생각까지 들었습니다.

이 시점에 와서야 비로소 나는 지금까지는 한 번도 생각해 보지 않았던 것을 내 자신에게 물었습니다. "나는 어디에 있는 것이고, 무엇 위에 누워 있는 것인가?" 주위를 둘러보기 시작하였고, 가장 먼저 나의 아래쪽을 보았습니다. 거기에는 나의 몸이 금방이라도 떨어질 것 같은 모습으로 대롱대롱 매달려 있었습니다. 그리고 그 아래쪽을 보았을 때, 나는 내 눈을 의심하지 않을 수 없었습니다. 나는 높은 곳, 그러니까 아주 높은 탑이나 산꼭대기에 있었던 것이 아니라, 상상할 수조차 없이 높은 곳에 있었기 때문입니다.

아래쪽은 그 밑에 어떤 것이 있는지조차 분간할 수 없을 정도로 너무나 까마득했고, 바닥이 어딘지조차 알 수 없는 그 밑도 끝도 없이 깊은 곳 위에 나의 몸은 언제 그 밑으로 떨어질지 모르는 상태로 매달려 있었습니다. 나의 심장은 쪼그라들었고, 공포가 내게 엄습해 왔습니다. 아래쪽을 내려다보는 것이 두렵고 무서웠습니다. 아래를 내려다보기만 해도, 나를 지탱하고 있던 마지막 지지대가 끊어지고 내 몸은 밑으로 추락해서 죽을 것 같았습니다. 그래서 아래를 보지 않았지만, 보지 않으니까 더 나아진 것이 아니라 도리어 더 무서워졌습니다. 마지막 지지대가 끊어지면 내게 무슨 일이 벌어지게 될 것인지를 생각하게 되었기 때문이었습니다. 나는 공포 때문에 마지막 남은 힘까지도 잃어버리고, 내 등이 서서히 아래쪽으로 미끄러져 내려가고 있는 것을 느꼈습니다. 이제 순식간에 나는 저 밑도 끝도 없는 깊은 곳으로 떨어지고 말 것이었습니다.

그 순간에 불현듯 이런 생각이 떠올랐습니다. "이것은 현실이 아니다. 꿈이다. 깨어나자." 나는 깨어나려고 했지만 깨어날 수가 없었습니다. "어떻게 하면 좋단 말인가, 어떻게 하지"라고 자문하면서, 나는 위쪽을 바라보았습니다. 위쪽으로도 마찬가지로 창공이 끝도 없이 펼쳐져 있었습니다. 나는 위쪽으로 끝없이 펼쳐져 있는 창공을 바라보면서, 아래쪽으로 밑도 끝도 없이 깊은 곳을 잊어버리려고 애썼고, 실제로 잊어버렸습니다. 아래쪽의 깊은 곳은 나를 공포로 몰아넣고 기겁하게 만들어서 다시는 쳐다보고 싶지 않게 했지만, 위쪽의 무한한 창공은 내 마음을 끌었고 나를 안심시켜 주었습니다.

　여전히 나의 몸은 아직 끊어져 나가지 않은 마지막 지지대에 얹혀서, 밑도 끝도 없는 깊은 곳 위에 대롱대롱 매달려 있었고, 나는 내 몸이 그렇게 위태롭게 매달려 있다는 것을 알고 있었지만, 위를 쳐다보고 있었고, 그 덕분에 나의 두려움은 사라졌습니다. 꿈속에서 흔히 그렇듯이, 어떤 목소리가 들려왔습니다. "이것을 보라. 이것이 바로 그것이다!" 내 위에 끝없이 펼쳐진 창공을 더 뚫어져라 바라보면 볼수록, 점점 더 나의 불안은 가라앉았고 내 마음은 더 평안해졌습니다.

　그러자 지금까지 내게 어떤 일들이 일어났었는지, 그리고 왜 그런 일들이 일어나게 되었는지가 생각나기 시작했습니다. 왜 내 다리의 위치를 옮기게 되었었는지, 어떻게 해서 내 몸이 대롱대롱 매달리게 되는 처지가 되었던 것인지, 내가 얼마나 큰 공포를 느꼈었는지, 어떻게 해서 위쪽을 쳐다봄으로써 그 공포로부터 벗어날 수 있게 되었었는지가 생각났습니다.

　"내 몸이 여전히 까마득히 깊은 곳 위에 매달려 있는 것은 아닌가"라고 속으로 말하고서는, 내 주위를 둘러보았을 때, 내 몸 전체가 지지대에 의해서 든든히 떠받쳐지고 있는 것을 느꼈습니다. 내 몸이 이제 더 이상 대롱대롱 매달려 있지도 않고, 아주 든든하게 떠받쳐지고 있어서 떨어질 염려가 전혀 없다는 것을 알았습니다. "내 몸이 어떤 식으로 지지되고 있는 것인지"라고 속으로 말하고서는, 내 몸을 움직여보기도 하고 주위를 둘러보기도 하면서, 내 몸의 중심을 하나의 지지대가 떠받치고 있다는 것, 내 몸은 그 지지대 위에 가장 안정된 균형을 이룬 채 놓여 있다는 것, 그리고 사실은 지금까지 나를 안전하게 떠받쳐온 것은 바로 그 하나의 지지대였다는 것을 알게 되었습니다.

그리고 막상 깨어나 보면 현실에서는 전혀 안전하지 않은 어떤 장치가 꿈속에서는 나를 아주 든든하고 안전하게 떠받치고 있는 것으로 느껴지는 일은 비일비재하게 일어나고, 꿈에서는 그것이 아주 자연스러운 일입니다. 나는 아직 꿈속에 있었는데도 내가 그런 사실을 왜 이제야 깨달았을까 하고 의아해했습니다. 그러고 나서 나의 머리 쪽에 기둥 하나가 있는 것이 내 눈에 띄었습니다. 그 기둥을 떠받치고 있는 것은 없었지만, 그 기둥이 안전하다는 것은 의심의 여지가 없어 보였습니다. 그 기둥에는 단순하면서도 아주 정교하게 밧줄 하나가 매어져 있었고, 그 밧줄 위에 내 몸의 중심이 놓여 있는 한, 떨어질 염려는 전혀 없었습니다. 이 모든 것이 내게 명백해졌고, 나는 평정심을 되찾았고 기뻤습니다. 누군가가 내게 "이것은 반드시 기억하시오"라고 말하는 것 같았습니다.

그리고 나는 꿈에서 깨어났습니다.

1882년

해설

에일머 모드 *Aylmer Maude*

고백록은 톨스토이의 자서전적인 글들 중에서 가장 중요한 작품이다. 이 작품은 지금까지 알려져 있는 다른 유명한 고백록과 충분히 어깨를 나란히 할 수 있을 만한 훌륭한 글이다. 이 글은 물론 톨스토이 자신의 삶에 관한 명상을 주제로 삼고 있지만 우리 모두의 삶에도 적용될 수 있는 보편성을 가지고 있다. 왜냐하면 톨스토이가 이 세상에서 짧은 생애를 보낸 것처럼 우리들에게 주어진 이 세상에서의 생애도 짧은 것이기 때문이다.

고백록에서 그가 내리는 결론은, 자기 자신을 궁극적인 목적으로 삼고 영위하는 삶이란 틀림없이 불행으로 귀결될 수밖에 없으며, 이와 같은 불행으로부터 벗어나는 길은 '인자'(The son of man, 예수 그리스도)와 함께 하는 삶이라는 것이다. '인자'(예수)의 삶은 모든 인류에게 비취는 이성의 빛이다. 이 빛은 우리의 삶이 끝난 이후에도 결코 사라지지 않는다. 이 빛은 우리 바깥으로부터 우리에게 오는 빛이다. 톨스토이가 말하는 삶이란 지상에서 하느님의 나라를 건설하는 과업에 인자(人子)와 함께 참여하고 있는 자에게 있어서는 하나의 축복이다. 개인적인 행복을 추구하는 삶은 불행한 삶이다. 왜냐하면 그 삶이 보여주는 노력은 죽음에 의하여 산산조각 나고 말기 때문이다.

고백록은 자서전적일 뿐만 아니라 문학적인 가치도 아울러 가지고 있다. 이 글은 이른바 권고의 글이다. 이 글은 다른 사람들에게 톨스토이 자신이 겪었던 체험을 전달하는 것을 목표로 하고 있다. 톨스토이는 자기의 체험을 전달할 때 자기 자신을 솔직하게 드러낸다. 그러나 존 번연(John Bunyan, 천로역정 작가)과 같이 지상에서 자신이 보여준 실수에 대하여 너무 과장하여 이야기하고 있는 것 같다.

톨스토이의 비평가들은 그가 "예술을 포기했다"는 이야기를 자주 한다. 그러나 고백록이 보여주는 바와 같이 그는 탁월한 문학적 재능을 발휘하여 독자들에게 자신의 감정과 신념을 전하고 있다. 그는 너무나 투철한 예술가였기 때문에 다만 소설이나 시나 이야기의 형식만으로는 독자의 감정에 호소할 수 없다고 생각했던 것 같다.

톨스토이는 이 고백록에서 결국 우리 인간은 하느님의 뜻에 의하여 이 세상에 태어났으며, 인생에 있어서 인간의 목적은 영혼을 구원하는 것이며, 따라서 영혼을 구원하기 위해서는 하느님의 뜻에 따라 사는 삶이어야 한다고 결론을 내리고 있는 것이다.

톨스토이가 그의 나이 51세가 되던 해인 1879년에 자신의 『고백록』을 쓰기 시작했을 때는 그의 생전에 이미 전 세계에서 그와 비견할 수 있는 사람이 거의 없을 정도로 문학적인 명성을 얻고 있던 때였다. 그에게 불멸의 명성을 가져다준 것은 『전쟁과 평화』(1863-1869년), 『안나 카레니나』(1873-1878년)였다. 따라서 오늘날 톨스토이의 명성도 이 두 편을 비롯한 그의 소설 작품들에 기반하고 있는 것은 전혀 이상한 일이 아니다. 하지만 그것은 저자가 진정으로 원했던 것과는 거리가 멀다. 1880년 초에 그는 자신의 문학적 성공이 얼마나 허망한 것이었는지를 고백하면서, 자신의 작품인 『안나 카레니나』를 "내게는 더 이상 존재하지 않는 가증스러운 것"이라고 지칭했다. 그는 자신의 그런 작품들을 필요로 하는 사람들이 여전히 존재한다는 사실을 한탄하고서, 『안나 카레니나』를 비롯해서 자기가 1880년대 이전에 쓴 작품들에 대한 저작권을 자신의 아내인 소냐에게 물려주기를 거부하였다. 톨스토이가 1910년에 죽었을 때, 즉 막심 고리키가 그 때를 세상이 멈춰 서 버렸다는 말로 표현했던 그 때를 회고해보면, 사람들은 단지 뛰어난 소설가로서의 톨스토이 백작의 죽음만을 애도했던 것이 아니라, 기독교의 인도주의의 대변인이었던 레프 니콜라예비치의 죽음을 애도했다. 그 때 이후로 사람들이 인류를 교화하고자 했고 흔히 예언자적이었던 말년의 톨스토이의 음성을 점점 더 들으려고 하지 않았고, 돈키호테 같은 이기주의적인 박애주의자로서의 톨스토이에 대한 이미지가 생겨나게 된 것은 그를 제대로 평가한 것이라고 할 수 없는 것이었다. 이런 일이 벌어지게 된 것이 어느 정도가 말년의 톨스토이의 작품들이 여러 나라의 언어로 번역되지 않은 탓이고, 어느 정도가 세계가 종교적인 사고를 점점 더 금기로 여기는 풍조로 진화해가서, 기독교의 영원한 진리들을 설파하고 실천하고자 하는 사람들을 조롱하는 일이 비일비재하게 된 탓인지를 평가하기는 불가능하다.

톨스토이는 귀족으로서 그가 지닌 유산으로 인해서 더욱 조롱을 받게 된 것이 아닌가 생각된다. 그는 지금은 박물관이 된 자신의 엄청나게 넓은 영지의 수혜자로서 일하지 않고서도 자신의 아내를 비롯해서 점점 늘어난 가족을 충분히 부양할 수 있는 수입을 얻을 수 있었다. 1870년대 말에 정신적인 위기를 겪은 후에, 자신이 지금까지 영위해 왔던 생활방식 전체와 더불어서 이 영지에 대한 불편한 심경은 점점 더 커져 갔다. 그의 일기와 서신과 글들, 그리고 그를 잘 알고 비슷한 생각을 지니고 있었던 지인들의 기록은 그가 엘리트 계층과 부자들 전체는 물론이고 자신의 가족이 영위해 온 부도덕하고 파렴치한 생활방식에 대해 혐오감과 회한을 지니고 있었던 것이 그의 진심이었다는 것을 증언해 준다. 모스크바에서의 사교생활, 사치스러운 주거, 값비싼 의복, 사회적 성공, 산해진미와 넘쳐나는 음식, 닥치는 대로 재산을 불리고자 하는 끝없는 욕망. 톨스토이는 이 모든 것들을 분명히 역겨워했고 한탄했음에도 불구하고, 왜 그런 삶을 버리고, 적절한 환경 속으로 들어가서 자기가 이념적으로 선호했던 좀 더 금욕적인 삶을 살아가지 않았던 것인가? 그가 그렇게 하지 않은 것은 흔히 그의 언행이 불일치한 것으로 간주된다.

그를 옹호하자면, 우리는 그가 흔히 사람들에게 상기시켰듯이, 그는 수도원에 들어가서 혼자 고행하고 수도하는 삶이 아니라 현실에서 실제적인 삶을 살아가는 사람들 가운데 머물며 하느님을 섬기는 것이 자신의 사명이라고 생각했다는 사실을 지적할 수 있을 것이다. 게다가, 그는 자신의 아내와 많은 자녀들을 버리고, 자신만의 삶을 찾아서 훌훌 다 털어 버리고 떠나는 것을 옳은 일이라고 생각하지 않았다는 것이다. 러시아와 영국과 네덜란드와 미국에서는 교회와 국가의 권위를 부정하고 "톨스토이식의" 생활방식을 따라 살아감으로써 이 땅에서 기독교 정신을 실천할 것을 맹세한 사람들이 공동체들을 이루어 살아갔는데, 정작 톨스토이는 그런 공동체들을 인정하지 않았다. 그는 그런 공동체들로는 인류에 기여하기가 어렵다고 생각했고, 그가 선호한 이상적인 삶은 자연스러운 환경 속에서 도덕적인 진리들에 바탕을 둔 삶을 추구하면서, 비록 자기가 사람들에게 이방인처럼 보일지라도, 자신의 보범을 통해 사람들을 감화시키고사 하는 소망을 품고 살아가는 삶이었다.

예전에 광야로 들어가서 수도한 은둔자들처럼 숲 속으로 들어가서 고립되어 살아가는 삶은 톨스토이가 자기 자신이나 자기 시대의 사람들에게 적절한 것으로 보지 않은 삶이었다. 그의 종교적 신념은 현실의 삶에서 물러나는 것이 아니라 현실의 삶에 헌신하는 것에, 수동적으로 살아가는 삶이 아니라 적극적으로 삶에 참여하는 것에, 내세의 삶을 소망하며 기다리는 것이 아니라 이 땅에 하느님의 나라를 건설하는 것을 토대로 하는 것이었다. 그는 농부와 하나 되어 사는 삶, 엄격한 채식주의자로서의 삶, 매일 같이 오랜 시간 육체적으로 땀 흘리며 살아가는 삶, 그리고 끝으로 모든 욕망을 거부하는 삶을 스스로 낮아져서 겸손히 살아가고자 하는 신앙의 외적인 표현들이라고 보았다. 그래서 그는 자신이 물려받은 백작이라는 귀족 작위를 버리고 레프 니콜라예비치 톨스토이라는 평범한 이름으로 개명하였고, 1880년 이후에 쓴 자신의 저작들은 공공 자산이라고 공개적으로 선언하였으며, 가족의 반대가 없었더라면 자신의 영지에 대해서도 그렇게 했을 것이었지만, 그렇게 하지는 못하고 그 대신에 그 영지에 대한 자신의 소유권을 자신의 아내와 자녀들에게 물려주었다.

톨스토이가 자신의 가정과 역사 속에서 추구했던 모범과는 별개로, 그는 자기 주변의 세계에 헌신해서, 자신의 개인적인 활동들과 글들을 통해서 공공복지라는 이름으로 농부들을 선도하고 부자들을 변화시켜 거기에 참여시키고자 하였다. 자신의 친슬라브파로서의 유산 및 그리스도를 닮은 겸손에 대한 헌신과 더불어서 그가 보기에 이상적인 삶을 살고 있는 것으로 여겨졌던 무수히 많은 대중들인 농부들을 위해서, 그는 자신이 1860

년대에 시작했던 농민학교를 개혁하고, 1891-1892년의 대기근 동안에는 구제 활동을 하며, 박해받던 종교 분파들을 적극적으로 지원하고, 특히 일반 대중을 위해 일련의 도덕적인 이야기들을 쓰는 등 많은 실천적인 활동들을 하였다. 톨스토이는 그의 마지막 30년 동안에 많은 글들을 써서, 부유한 특권층들의 삶을 떠받치고 있던 사회적이고 종교적이며 정치적인 구조 전체를 설득력 있게 비판함으로써 압제받고 있던 사람들을 앞장서서 옹호하였다. 그의 영향력은 국내외적으로 엄청난 것이었다.

톨스토이는 자신의 가족은 물론이고 국내외적으로 사랑과 존경을 받았을 뿐만 아니라 조소와 비판도 받았다. 그의 일부 자녀들에게서는 정신적인 지지를 받았지만, 아내로부터는 그렇지 못하였다. 실제로 그의 부부 생활에 대한 기록들 속에는 그가 많이 힘들어 했고 불행했다는 것이 드러나 있다. 국외에서의 톨스토이의 명성은 대단해서, 1880년대 중반부터는 그의 영지인 야스나야폴랴나(Yasnaya Polyana)는 순례자들이 세계 각지에서 몰려오는 중심지가 되었다. 톨스토이가 두 개의 오래된 제도 악들의 부패한 결합으로 보았던 교회와 국가의 당국자들은 점점 더 초조해졌고 그의 영향력을 두려워하게 되었다. 『부활』이나 『이반 일리치의 죽음』 같은 몇몇 작품들이 검열을 통과한 것을 제외하고는, 그가 자신의 삶의 후반에 쓴 것들은 하나도 검열을 통과하지 못했다. 하지만 그런 작품들은 원고나 마스터 판본의 형태로, 또는 해외에서 출간되어 러시아에서 유포된 책들로 널리 읽혔다. 그가 쓴 글들을 소지하거나 정부가 "톨스토이의 불온한 사상"으로 낙인찍은 것들을 옹호하는 행위는 범죄로 규정되었고, 이 때문에 그를 추종하는 아주 많은 사람들이 처벌을 받았다. 하지만 국제적으로 문제가 되어 자신들의 정적들에게 빌미를 줄 것을 우려해서, 정부는 그를 침묵시키기 위해 투옥하는 일은 감히 실행하지 못했다. 톨스토이는 편안한 집에 있기보다는 축축한 지하 감옥에 갇히고자 한 자신의 열망이 실현되지 못한 것을 자주 탄식했고, 자기 때문에 지하 감옥에 갇힌 많은 사람들과 고통을 같이하지 못하는 것에 대해서도 마음 아파하였다. 톨스토이를 단압함으로써 그의 명성을 디욱 높여줌과 동시에 정치적인 위험부담을 떠안는 것을 피하고, 그 대신에 그의 추종자들을 탄압해서 그에게 상처를 주는 것이 정부의 기본적인 행동방침이었다. 그는 자신의 생애의 마지막 25년 동안을 러시아 중부에 있는 한적한 영지에서 자신의 대부분의 시간을 보냈고, 그 어떤 형태의 폭력적인 혁명 활동에도 철저하게 반대했기 때문에, 정부는 이 자기를 부인한 백작을 감시할 필요가 거의 없었던 것으로 보이는데도, 그는 그 긴 세월 동안 내내 끊임없이 경찰의 감시와 사찰 아래 있었다.

간접적으로 고통을 주고 괴롭힌다는 정부의 이 공식적인 태도에도 하나의 중요한 예외가 있었는데, 그것은 1901년에 톨스토이를 파문한 사건이었다. 교회는 단지 국가의 수족이었던 이때에 러시아 당국은 교회와 국가에 대한 톨스토이의 비판과 반박에 인내심을 잃었다. 당대의 어떤 인물의 표현에 의하면, 당시에 러시아에는 니콜라스 2세와 레프 톨스토이라는 두 개의 권력이 존재했는데, 후자의 권력은 정치 질서와 종교 질서 전체를 상대로 공적인 전쟁을 수행하고 있었다. 정부의 비호 하에 교회는 톨스토이를 파문함으로써 그에 대한 대중들의 존경을 무너뜨림으로써 그를 침묵시키고 했다. 그러나 대중들이 영적인 문제들에 있어서 교회의 결정에 아무런 의문도 제기하지 않을 것이라고 생각한 것이 그들의 오산이었다. 톨스토이를 파문해서 그들이 달성하고자 했던 목적은 이루어지지 못했다.

도리어 대중들로부터 엄청난 반발이 생겨났고, 이미 국가와 교회에 대해 불만이 쌓일 대로 쌓인 대중들은 이 일 속에서 정치적 탄압을 보여주는 또 하나의 예를 보았을 뿐이었다.

러시아 대중들의 상당수에 대해 톨스토이가 가지고 있던 압도적인 영향력은 1905년의 유혈 사건들 이후에 어느 정도 쇠퇴하였다. 이때에 수많은 톨스토이 추종자들이 수동적이고 비폭력적인 저항으로 총칼에 맞서야 한다는 그의 주장을 버리고 혁명가들 편에 합류하면서, 그의 주장은 색이 바래고, 폭력의 암운이 짙게 드리워졌다. 평화주의자였던 톨스토이에게 역사의 거대한 물결이 들이닥쳤다. 그가 도덕적인 자기완성의 점진적인 진화를 통한 진보를 설파하는 동안에, 남녀노소 할 것 없이 많은 사람들이 러시아의 길바닥에서 도륙되고 있었다. 급진파든 온건파든 모두가 혁명의 위기가 감도는 시기에 톨스토이가 한가하게 평화를 외치고 있는 것에 분노해서 그에게 과격한 분노와 비난을 쏟아냈다. 그럼에도 불구하고, 그는 그 시대의 어느 지도자들보다도 더 효과적으로 정부와 교회와 자본주의의 악들을 드러내어 부지불식간에 미래의 폭력적인 전복을 위한 길을 닦아 놓은 인물이었다. 레닌조차도 비록 다음과 같은 말로 1905년의 제1차 혁명운동의 실패의 책임을 톨스토이에게 돌리기는 했지만, 러시아 혁명은 그의 글들에 많은 빚을 졌다는 것을 인정하였다. "악에 대한 톨스토이의 무저항주의는 제1차 혁명운동의 실패의 가장 중대한 원인이었다."

톨스토이는 농민 대중에 대해서는 깊은 이해를 지니고 있었던 반면에, 1917년의 혁명을 이끌게 될 도시의 중산층에 대해서는 제대로 이해하지 못했다는 지적이 흔히 제시되고, 그것은 의심할 여지 없이 옳다. 그가 살아간 삶 때문에 그는 도시 생활이나 도시 사람들의 마음을 사로잡고 있던 새로운 사상을 거의 접할 기회가 없었다. 하지만 그의 관심은 근본적으로 혁명에 있지 않았고, 그는 사람들을 경제력을 기준으로 구분하는 것에 토대를 둔 정치사상은 말할 것도 없고 정치사상 자체에는 거의 관심이 없었다. 대부분의 현자들처럼 톨스토이도 정치적인 현실을 뛰어넘는 차원에서 활동하였음에도 불구하고, 그가 내놓은 미래에 대한 예측들 중 다수가 주목할 만한 정도로 정확했다는 것이 증명되었다. 1905년의 사건들이 있기 전 몇 년 동안 그는 대대적인 사회 개혁을 하지 않는 경우에는 전례 없는 유혈사태가 발생하게 될 것이라는 것을 황제에게 계속해서 경고했었다. 니콜라스 2세에게 보낸 서신들과 청원서들에서는 대중들의 불만들을 열거하면서, 강압적이고 독재적인 통치를 끝내 줄 것을 요청하였고, 1901년에 불랑제에게 보낸 서신에는 이렇게 썼다. "우리 시대에서 생각이 있는 사람은 누구나 우리가 직면해 있는 이 폭압적이고 위협적인 상황에서 벗어날 수 있는 길이 오직 두 가지뿐이라는 것을 알 수밖에 없습니다. 하나는 아주 어려운 일이기는 하지만 피의 혁명이고, 다른 하나는 정부가 자신들의 의무를 인식하고 진보의 법칙에 반대하거나 과거로 회귀하려고 하지 말고, 인류가 나아가고 있는 방향을 이해하고 대중들을 그 방향으로 이끄는 것입니다." 1917년의 혁명이 내걸었던 주된 슬로건들 중의 하나인 "농민에게 땅을"이라는 슬로건은 톨스토이가 굶주림이 농민들을 내몰아서 지주들을 죽일 수밖에 없게 된다는 것을 깨닫고서(이것이 1905년에 일어난 일이었다), 땅의 사적 소유를 금지하는 것이 실제적인 해법이라고 주장하며, 20세기가 시작된 이래로 계속해서 경고하며 해결하려고 해왔던 것이었다.

그러나 톨스토이는 현재의 상태가 해소되어야 한다고 믿었지만, 그것은 경제적 관점을 토대로 한 마르크스 철학을 통해서가 아니라, 그가 그의 글들에서 표현한 사상을 통해서 이루어져야 한다고 믿었다. 그의 사상은 인간의 의식이 진화하면, 보편 진리들이 인류에게 점점 더 분명하게 드러나게 되는데, 인류는 그 진리들을 받아들여서 실천해야 한다는 것이었다. 그는 목적이 수단을 정당화한다는 데 동의할 수 없었고, 폭력 혁명에 의한 변화는 단지 또 다른 형태의 폭정으로 귀결될 수밖에 없기 때문에, 그것은 승리가 아니라 패배라는 것을 아주 잘 알고 있었다. 또한, 이념의 이름으로 자행되는 착취와 만행과 불의는 차르들과 자본가들 아래에서 자행된 악행들과 결코 다르지 않다는 것도 알고 있었다. 만일 그가 살아 있었다면, 그는 폭력 혁명으로 이루어진 소비에트 공화국의 무신론적인 상태가 크렘린과 차르들의 통치 및 그의 시대에 만연되었던 거짓된 그리스도교 신앙과 거의 차이가 없다는 것을 볼 수 있었을 것이다.

톨스토이의 『고백록』은 그의 개인적인 이력 및 문학적 이력에서 분수령이 되었던 그의 경험, 즉 1870년대 동안에 그의 내면에서 치열하게 전개되었던 종교적 고민 및 그 결과를 이상적인 것으로 보고 있기는 하지만, 그가 그 후에 제시하고 전개한 사상들은 그 이전의 그의 생애에서 전혀 드러나지 않았던 그런 것들이 결코 아니었다. 그 모든 것의 핵심들은 도덕적이고 종교적인 문제제기와 그런 문제들에 대한 진리를 찾고자 하는 열망이 본질적인 구성요소들이었던 그의 초기 저작들에 이미 깊이 배어 있었다. 톨스토이는 소년시절에 불행과 질병이 더 이상 없고 모든 사람이 행복하게 살아가는 황금시대를 여는 열쇠를 자기가 소유하고 있다는 그의 형 니콜라이의 단언에 매료되었고, 그의 노년에도 그러한 유토피아를 여전히 기억하고서, 그 비밀이 감춰져 있다고 생각된 곳에 자기를 묻어 줄 것을 요청하였다. 청년 시절에 그가 가장 강력하게 믿었던 신념은 육체적으로나 지적으로나 도덕적으로 자기를 완성해야 한다는 것이었는데, 실제로는 육체적인 활동을 열심히 하고 광범위하게 독서함으로써 이 이상들 중 처음 두 가지만을 계발했던 것으로 보인다. 체첸에서 군복무를 하는 동안에 쓴 그의 일기들은 그가 전쟁을 직접 겪고 보면서 느끼게 된 공포에 대한 표현들로 가득한데, 아마도 그의 다수의 종교 사상들과 평화주의자로서의 사상들은 거기에서 기원한 것으로 보인다. 세바스토폴 전투에서 사관생도로서 복무했던 청년 톨스토이는 그것을 실현하는 데 자신의 전 생애를 바쳐도 좋을 만한 놀라운 사상을 발견했다고 자신의 일기에 썼는데, 그 사상은 인류의 현재의 발전 상태에 걸맞은 새로운 종교, 즉 교리들과 신비주의에서 해방되어서 미래의 지극한 복을 약속하는 것이 아니라 사람들에게 이 땅에서의 지극한 복을 주는 실천적인 종교로서의 그리스도의 종교를 창시하는 것이었다. 나중에 그는 바로 이 일에 자신의 삶을 헌신하였다. 크림 전쟁 후에는 인간의 삶을 쓸데없는 데 허비하는 것에 철저하게 환멸을 느끼고서 군복무를 그만두었다. 그가 1857년에 쓴 『루체른』는 물질주의에 대한 단죄와 당시에 서양에서 유행했던 진보론을 보여준다. 톨스토이의 위대한 소설들에 나오는 중심적인 등장인물들인 피에르, 안드레이 볼콘스키, 마리아, 레빈 등은 모두 다른 그 어떤 것보다도 더 생생하게 하느님, 불멸, 자유, 도덕과 관련된 중요한 질문들에 대한 저자의 관심을 잘 보여준다.

톨스토이는 자신의 아주 어린 시절부터 이런저런 방식으로 삶의 의미(그것이 하느님, 진리, 행복 등 그 어떤 이름으로 불릴지라도)를 포괄적으로 이해하고자 추구해왔었다. 그러나 그 일에 자신의 삶과 지성을 온전히 바칠 수밖에 없다고 느끼게 된 것은 1870년대였다.『안나 카레니나』를 쓰기 이전이나 쓰는 동안에 그는 인간의 목적에 대한 가장 심오한 표현으로서의 종교에 점점 더 관심을 돌리게 되었다. 그가 시인 페트(Fet)에게 쓴 서신에는 자기는 종교가 비논리적임을 발견했지만, "여전히 종교에는 그 무엇인가가 있다"는 말이 나온다. 톨스토이가 종교를 받아들이게 된 여정에서 가장 두드러진 특징은 종교의 이러한 비논리성에 대한 그의 지적 씨름이었다. 자신의 이성에 역행하는 어떤 것을 믿는 것은 그에게 어려운 일이었기 때문이었다. 톨스토이는 자신의『고백록』에서 밝혔듯이, 삶의 수수께끼를 이해하는 열쇠를 찾기 위해서 자신과 같은 귀족 계층은 물론이고 일반 대중들의 삶을 살펴보고, 주요 종교들 및 고전 철학에서 쇼펜하우어와 헤겔에 이르기까지 주요 사상가들의 철학적이고 종교적인 저작들을 읽고 연구하는데 1870년대의 많은 부분을 사용했지만, 자신의 이성으로 받아들일 수 있는 것은 아무것도 발견하지 못했다.

1878년에 그의 부인은 이렇게 썼다. "오늘 그는, 자기는 저 끔찍한 종교적인 씨름을 하는 데 꼬박 2년을 몰두했지만, 더 이상 그렇게 살 수는 없기 때문에, 지금은 자기가 전적으로 종교적인 사람이 될 때가 다가왔기를 희망한다고 내게 말했다." 이것은 아마도 그가 더 이상 종교적인 문제에 매달려서 고민한다면『안나 카레니나』를 완성하는 것이 점점 더 어려워질 것이기 때문에 빨리 그 작품을 끝내고 싶다는 것을 의미하는 것이었던 것으로 보인다. 실제로 그는 그 작품에 나오는 레빈이라는 등장인물을 통해 자신의 그러한 종교적인 고뇌를 표현하였다.

이 위대한 소설을 끝내고 난 그 후의 기간은 칼루가로 물러가서 조용히 종교생활을 하고 파스칼의『팡세』를 읽으며 집중적으로 묵상하는 가운데 영적인 씨름을 하면서 어느 정도 위안을 얻었던 시기였다. 톨스토이는 1877년과 1878년 사이에 신앙에 대한 자신의 생각들을 표현한 두 개의 글인『크렘린에서의 신앙 논쟁』과『대화자들』을 썼고, 1879년에는 자신의 영혼에 대한 주목할 만한 전기인『고백록』을 썼는데, 이 작품은 이 종류의 가장 훌륭한 전기들 중 하나임이 분명하다.

톨스토이는 기존의 지식이나 당시의 종교, 자기 주변의 사람들의 삶 속에서 그를 자살 직전까지 몰고간 수수께끼, 즉 "내 삶 속에는 필연적으로 찾아오는 죽음에 의해서도 없어지지 않는 어떤 의미가 존재하는 것인가"라는 질문에 대한 만족할 만한 대답을 발견하지 못했고, 신앙과 종교적 가르침을 전폭적으로 받아들일 수 없다고 깨달았음에도 불구하고, 자신의 『고백록』을 긍정적인 어조로 끝마친다. 왜냐하면, 그의 형이상학적 탐구에서 늘 잣대가 되었던 이성은 삶의 수수께끼에 대한 실제적인 해법은 여러 세기에 걸쳐 축적되고 전해져 내려온 교회의 쓸데없는 교리들과 신앙을 무의미한 것으로 만들어 왔던 신비주의를 완전히 걷어낸 그리스도의 가르침 속에 있다는 것을 보여 주었고, 그의 본능도 삶의 총체적인 의미에 대한 대답인 하느님은 신앙에 대한 그의 갈망을 분명히 충족시켜 줄 것임을 그에게 보여 주었기 때문이었다. 결국 그는 1855년에 그에게 불현듯 찾아왔던 저 "놀라운 생각"을 이룰 수 있게 되었다.

『고백록』은 톨스토이의 자전적인 저작들 중에서 가장 중요한 글로서 지금까지 인류 역사상에서 씌어진 가장 유명한 고백록들과 어깨를 나란히 할 수 있는 저작이다. 거기에서 그는 오직 자신의 삶만을 다루는 것이 아니라, 이 땅에서 언젠가는 찾아오는 죽음에 의해서 끝날 수밖에 없는 삶을 살아가는 우리 모두의 삶을 다룬다.

톨스토이가 『고백록』에서 도달한 결론은, 자기 자신을 위해 살아가는 개인적인 삶은, 진실을 깨달을 수 있을 정도로 충분한 지성을 갖춘 사람이라면 누구에게든지 하나의 재앙일 수밖에 없고, 그 재앙에서 벗어날 수 있는 유일한 길은 우리 자신의 삶을 "사람의 아들(예수 그리스도)"의 삶, 즉 우리의 개인적인 삶이 끝나도 영속적으로 이어지고, 우리 자신의 외부의 원천으로부터 우리에게 오며, 모든 사람들 안에 존재하는 저 이성의 빛을 따라 사는 삶과 하나가 되게 하는 것이다. 지금 여기에서 이 땅에 하느님의 나라를 세우는 것을 목표로 삼고서 우리 자신을 "사람의 아들"과 동일시하는 사람들에게는 삶은 축복인 반면에, 모든 사람에게 필연적으로 찾아오는 죽음에 의해서 모든 것이 허망하게 무로 돌아가 버릴 개인적인 삶을 추구하는 사람에게는 삶은 재앙이다.

그리스도의 다섯 계명들에 대한 톨스토이의 해석은 교회가 제시해 온 해석과는 상당히 다르지만, 우리가 그의 책들을 읽기 전까지는 결코 생각할 수 없었던 충분히 설득력 있고 실천적인 의미를 제시한다. 톨스토이는 지극히 참되고 무한히 중요한 많은 것들과 더불어서, 무저항론을 제시하면서 자세하게 설명하고, 기독교적인 무정부주의를 설파한다.

『고백록』은 자서전으로서만이 아니라 문학적으로도 큰 가치를 지닌다. 이 책은 톨스토이가 지금까지 살아 오면서 경험한 것들을 전하는 형태로, 다른 사람들에게 어떻게 살아야 하는지를 권면하는 내용으로 되어 있다. 그는 그렇게 하면서 지난날의 자신의 삶을 혹독하게 다루고 결코 봐주지 않았으며, 도리어 존 번연처럼 초기의 삶에서 자신이 범한 잘못들을 과장해서 말하기도 한다. 또한, 비평가들은 그가 "예술을 포기했다"고 혹평했지만, 사실 그는 『고백록』에서 자신의 위대한 예술가적인 능력을 사용해서 자신의 감정들과 확신들을 독자들에게 전하고 있는 것은 주목할 만하다. 그는 오직 소설이나 시나 이야기라는 형태를 통해서만 독자의 감성에 도달할 수 있다고 믿기에는 너무나 위대한 예술가였다.

톨스토이의 생애

러시아 작가이며 개혁자이고 도덕적 사상가인 톨스토이의 저명한 명성은 주로 두 편의 명작인 『전쟁과 평화』(*War and Peace*)와 『안나 카레니나』(*Anna Karenina*)에서 기인한다. 심각한 변화와 갈등과 모순의 인간인 톨스토이는 노년을 가난한 농부로 지내려는 시도에 성공하지 못한 개인주의적 귀족정치주의자였고, 감각주의자였으나 그의 인생은 변화되어 청교도가 되었고, 매 순간 죽음을 두려워하면서도 삶에 대한 의지를 불태운 정력가였다.

이같이 독특한 이중적 성격은 중년에 그로 하여금 단순한 소설가로서의 직업을 포기하게 하였고, 일련의 논문과 소책자와 교훈적인 희곡과 단편 소설을 통해 인위적 제도나 기구로서의 정부나 교회와 재물들을 반박하며, 사랑과 믿음의 실천을 통해 신앙을 증거하는 철저한 기독교인이 되게 하였다.

유년 시절과 결혼

톨스토이 경(Lev Nikolayevich Tolstoy)은 1828년 9월 9일 모스크바에서 160㎞ 남방에 위치한 툴라 지방 야스나야폴랴나(Yasnaya Polyana)의 귀족 계급인 지주 집안에서 태어났다. 톨스토이의 부모들은 그가 어렸을 때 세상을 떠났고 그는 친척들에 의해 양육되었다. 유년 시절에 그는 개인 교수들에 의해 교육받았다. 16세에 그는 카산 대학에 입학했다. 그러나 형식적인 교육에 실망한 나머지 그는 1847년에 야스나야폴랴나로 돌아왔고 농장을 경영하며 스스로 학문에 정열을 쏟았다. 모스크바와 상트페테르부르크 도시 생활은 사회적인 소요로 인하여 그에게 성공적인 삶을 약속할 수 없었기 때문이었다.

그는 삶의 구체적인 표현을 일기장에 계속 기록했기 때문에 일기장에는 그의 도덕적인 죄책감과 갈등이 잘 기록되어 있다. 이런 그의 유년 시절은, 현실 상황에 대한 남다른 통찰력과 분석력을 그가 지녔으며 또한 스스로 행동에 관한 내면적 동기들을 언제나 현실적으로 숙고해 왔음을 보여준다.

변화 없이 무미건조한 삶에 싫증을 느낀 톨스토이는 1851년에 군인인 형 니콜라이를 따라 코카서스 지방으로 이주했다. 그 다음해 그는 군대에 입대하여 산족들과 대항하여 용감히 전투에 참전했다. 대부분의 휴식 시간을 이용하여 그는 작품을 썼고, 최초의 작품 『유년 시절』(*Childhood*)을 「현대」(The Contemporary)지에 게재했다.

「유년 시절」의 자료들은 전통적인 현실주의를 기반으로 다루어졌지만, 평온하고도 서정적인 문체는 그 당시 톨스토이가 일부 번역한 영국인 소설가 로렌스 스턴의 작품 『감상적 여행』(*Sentimental Journey*)에 영향을 받았다. 이는 톨스토이의 자서전적 작품으로, 자신이나 혹은 그가 잘 알고 있는 이들의 삶을 소설로 구성한 것이다. 『유년 시절』이 독자들을 사로잡을 수 있었던 것은, 잊혀진 평상적인 유년 시절의 경험들을 신선하고도 감동적으로 엮어냈기 때문에 읽는 이들로 하여금 향수에 젖어 회상하게끔 하는 매력을 지녔기 때문이었다.

뒤이어 그는 연속적으로 『소년 시절』(*Boyhood*)과 『청년 시절』(*Youth*)을 출판했지만 주로 그 내용이 젊은이들의 도덕적 타락을 교훈하는 것이었기 때문에 전편과 같이 특별한 매력은 결여되었다. 코카서스 지방에서의 톨스토이의 전투 경험은 전쟁을 소재로 다룬 그의 초기의 작품들 중 『약탈』(*The Raid*)과 『벌목』(*The Woodfelling*) 등에 잘 나타나 있다. 청년적인 열정에 의해 다루어진 이 작품들은 군대 생활을 정확하고도 비평적인 분석을 통해 헛된 영웅주의를 폭로했으며, 이 같은 내용이 후기 작품 『세바스토폴 이야기』(*Sevastopol* ; 1855 - 56)의 주제가 되었다.

1854년 다뉴브 전선에 배치된 톨스토이는 크리미아 전쟁 기간 동안 세바스토폴 점령에 참전했다. 『세바스토폴 이야기』를 통하여 그는 이 같은 전쟁 경험을 묘사하면서 군부 지도자들의 그릇된 영웅주의와 그에 순응하는 일반 병사들의 단순한 영웅 심리를 대조하며 서술했다. 1856년 전쟁이 종식되자 그는 제대하여 상트페테르부르크로 돌아왔고, 그곳에서 사회적이고 심미적인 견해에 동조하기를 원하는 열성적인 독서 그룹에 가입했다. 철저한 개인주의자인 그는 동료들을 비난하며 야스나야폴랴나로 돌아갔다.

1857년 그는 프랑스, 스위스, 독일로 해외여행을 떠났다. 그의 기행문에 대한 비평들은 그로 하여금 문학에 대한 관심을 잃게 했지만 그는 꾸준히 집필생활을 계속하였다. 1855년에서 1863년 동안 그는 몇 편의 단편소설을 집필했다. 『한 당구 점수 계산원의 회상기』(*The Memoirs of a Billiard - Marker*), 『두 경기병』(*Two Hussars*), 『세 가지 죽음』(*Three Deaths*), 『가정의 행복』(*Family Happiness*) 등으로 그는 주로 도덕적인 문제에 집중적인 관심을 보였다. 이 같은 작품들은, 물질주의적 사회가 때묻지 않은 자연과 인간에게 미치는 해독성에 관해, 그의 후기적 작품들이 관심을 갖게 될 것을 예고해 준다. 많은 내용들이 도덕적인 설득력을 지녔다고 인정되나 동시에 이같이 주관적인 도덕적 강조는 약점이 되기도 한다.

『두 경기병』에서만 톨스토이가 그의 강한 주관주의를 피하고 있다. 이 작품을 통해 그는 한 주인공에게 영향을 미치는 사회악의 영향에 관해 직설적 표현보다는 완곡히 시사하고 있다. 『콜스토머』(*Kholstomer*)는 말의 입장에서 사랑을 살펴보는 해학적인 작품으로, 귀한 대접을 받는 말의 인생은 우둔하고 부조리한 삶을 살아가는 인생보다도 우수하다는 표현이 독자들을 자극한다. 『코사크 사람들』(*The Cossacks*)을 통해 그는 자연인과 속세에 부패한 인간을 대조시키며 그의 주제를 화려한 문체로 전개시켰다. 고도로 문명화된 주인공이, 자유를 사랑하며 전원적 생활을 즐기는 코사크 사람들과의 갈등을 표현한 작품이다. 톨스토이의 주인공 설정에 코사크 사람들이 자주 등장하는 것도 이 때문이다.

1850년도 후기에 톨스토이는 제대로 교육받지 못하는 농민들의 상황에 관심을 갖고 야스나야폴랴나에 농민 자녀들을 위해 학교를 개설했다. 현대 발달 교육을 예견한 듯한 성공적인 그의 교수법은 그로 하여금 교육학에 더욱 깊은 관심을 갖게 하였다. 1860-61년 그는 다시 유럽 여행에 올라 독일, 프랑스, 이탈리아, 영국과 벨기에를 방문하며 교육 이론과 교육 현장을 연구하였다. 이 같은 관심에 심취한 그는 교육 잡지를 발행하며 그의 교육 이론을 발전시켰고, 간결성과 설득력 있는 접근방법 때문에 폭넓게 인정받아 교과서를 편찬했다.

1862년 톨스토이는 박식한 지성적 매력을 지닌 중산층 소녀인 소냐 (Sonya 혹은 Sofya Andreyevna Bers)와 결혼했다. 그는 교육 활동도 중단한 채 이후 15년 동안 정열적인 결혼 생활에 헌신한다. 뜨겁고 행복한 결혼 생활을 통해 그는 13자녀를 두었다. 그는 농장을 성공적으로 경영하면서 집필 활동을 재개했고, 그의 불후의 두 명저인『전쟁과 평화』와『안나 카레니나』를 창작했다.

불후의 작품들

일반적으로 세계 불후의 명저로 꼽히는 두세 작품들 중에 속하는 「전쟁과 평화」(War and Peace)의 집필에는 7년이 소요되었다. 이러한 그의 최상의 노력을 통해 그는 양이나 질적인 면에서 이전의 그의 작품들을 능가하였다. 이 작품을 통해 모든 계층의 인생이 조화롭게 엮어지며 다양한 계층의 주인공들이 객관적으로 묘사되었다. 그 어느 작품도 이 작품처럼 세미한 현실을 그토록 구체적으로 또한 심리학적으로 완벽하게 다룬 것은 없을 것이다.

오랜 집필기간(1805-14)을 거친『전쟁과 평화』는 나폴레옹의 러시아 침략 당시 강력한 저항군들의 상황과 러시아 사회를 배경으로 다섯 귀족 집안을 역사적으로 조명하며 내용이 전개된다. 이 거대한 파노라마를 통하여 귀족과 농민, 군 장교와 사병, 러시아와 프랑스의 황제들, 외교관과 관료들, 도시생활과 시골생활, 전쟁의 비참한 현실 등이 전개된다. 인생에 관한 낙관적인 견해를 지닌 톨스토이는 전쟁에 관한 주제를 인생의 자연적 현상에 비유하여 출생, 유년 시절, 청년 시절, 사랑, 결혼, 즉 출생과 죽음 등으로 묘사했다.

작품 속의 두 가정은 실제로 그의 가족에게서 모델을 삼았고, 잊지 못할 여주인공 나타샤는 처제인 타냐(Tanya Bers)를 모델로 삼았던 것이다. 그녀는 실제로 평범한 인물이었으나 톨스토이의 화려한 문체는 그녀를 생농적이고 시적이며 전원석인 인물로 대체시켰다. 두 주인공(소박하고 열심히 있는 피에르와 세련되고 지적이며 교만한 안드레이) 간의 도덕적인 갈등은 톨스토이 자신의 갈등이기도 하다. 철저히 자신을 위해 살며 선을 행하는 것이 안드레이의 확신인 반면 피에르는 이웃을 섬기는 삶을 궁극적인 신앙으로 여긴다.

이처럼 톨스토이는 계층별로 작품의 주인공을 개별화시킴으로 다양하면서도 혁신적인 독특한 방법을 사용했다. 이는 톨스토이의 뛰어난 외형화 기법으로 당시 비참한 사회 현실, 심층적 심리 분석을 통해 감정적으로 복잡한 여성의 성격 표현, 우울하고 비참한 러시아 사회 속에서도 진실하고 소박한 삶을 영위하는 농부에 관한 성격 묘사가 훌륭하게 표현되었다.

톨스토이의 작품에 관한 비평가들의 주된 혹평은 톨스토이 자신의 역사 철학이 전쟁과 그 구조에 관해 정립되어 강요되었다는 점이다. 그는 이 같은 반론을 예상했고 1868년에 이 같은 논제에 관한 자신의 견해를 설명하는 논문을 발표했다. 그의 주장에 의하면, 인간의 행동에는 두 가지 종류가 있다. 개인의 의지에 따라 결정되는 행위와 개인의 의지에 상관없이 결정되는 행위이다. 역사의 과정 속에는 최소의 자유가 있다. 소위 역사의 창조자들이나 전쟁의 지도자들의 행동은 수없이 많은 타자들의 행위에 의존할 수밖에 없으며 이런 의미에서 예정론적이라 할 수 있다.

그를 곤혹하게 만든 것은 소위 '위인'(great men)들로 불리어지는 개인들의 인생에 지워지는 책임감과 영웅적인 행위에 관한 역사가들의 선악론에 관한 평가였다. 그들의 주장에 반대하며 톨스토이는 자연법이야말로, 자연 그 자체보다도 인간의 행위를 결정해 주는 요인으로 역설했다. 즉 자연법은, 모든 인간에게 공통되며 그렇기 때문에 형식적인 규범에 의존하지 않는 정의와 인권의 원리이다. 만물은 철저히 역사적으로 결정되기 때문에 자유선택이란 존재하지 않는다. 이러한 주제에 관한 그의 끊임없는 노력과 탐구는 그의 예술적 감각과 잘 조화되어 『전쟁과 평화』를 더욱 위대한 작품으로 만들었다.

비록 서술 방법과 문체의 양식이 『전쟁과 평화』와 비슷하기는 하지만, 『안나 카레니나』는 더욱 뛰어난 예술적 문학 작품이다. 이 두 작품을 집필하는 동안 톨스토이의 인생철학은 변화하고 있었다. 『전쟁과 평화』는 인생을 사랑하며 낙관적인 소설이다. 또한 주인공들은 도덕적으로 순결하며 심리적 갈등을 초극한 달인들이다.

반면에 『안나 카레니나』는 1860년대의 러시아 사회상을 반영하는 염세주의적 작품으로 주인공들은 현실과의 갈등 속에서 방황하며 해결점을 찾지 못한 채 재앙과 불행으로 끝나기도 한다. 안나와 브론스키의 불륜의 관계 뒤에는 필연적인 비극적 운명이 전개된다. "나는 복수하고야 말 것이다"는 내용은 이 소설의 전주곡이자 또한 주제곡이기도 하다. 안나는 스스로 도덕적 규범을 어겼으므로 복수에는 별로 관심이 없다. 그러나 당시 그녀가 속해 사는 위선적인 귀족 사회의 관습에 묵종하기를 거부한다. 브론스키에 대한 그녀의 사랑은 위선을 깨고 맺어진 깊고 지속적인 정열로서, 그녀는 미련 없이 자신의 진실한 사랑의 행위를 통해 위선으로 가려진 귀족 사회에 대항한다. 낡은 전통, 사회적 저주는 사건을 비극으로 인도한다.

죄악으로 여겨지는 안나와 브론스키의 사랑은 키티와 레빈의 행복한 사랑으로 이어지는 결혼과는 좋은 대조를 이룬다. 키티와 레빈의 결혼 생활은 아마도 톨스토이 자신의 결혼 생활을 반영한 듯한 인상을 받는다. 나아가 레빈의, 인생의 의미에 관한 회의와 고뇌 그리고 그를 사로잡는 자살 기도, 또한 농민들에 대한 깊은 연민과 동정은 이 당시 톨스토이가 겪었던 갈등과 고뇌의 반영임이 분명하다.

그리스도인 개혁자로서의 말년

비록 그는 행복한 결혼을 했고 유명한 소설가가 되었으며 높은 소득을 얻는 부자가 되었지만, 『안나 카레니나』의 집필을 마칠 무렵 그는 자기 자신에 대하여 만족하지 못하게 되었다. 유년 시절부터 그를 괴롭혀 온 인생의 목적에 관한 끊임없는 추구는 그로 하여금 영적인 위기의 지경까지 몰아갔다. 『고백록』(*A Confession*)을 통해 그는, 인생의 의미를 찾기 위해 겪었던 오랜 방황과 영적이며 도덕적인 고통에 관해 고뇌 어린 고백을 서술한다.

이 위기는 1879년에 나타났다. 그는 자살을 시도하려는 지경에까지 이르렀다. 그는 이 위기를 극복하기 위해 철학자, 신학자, 과학자들의 서적을 탐독했으나 어느 곳에서도 도움을 얻지 못했다. 그러나 그가 깊은 동정과 연민을 지녔던 농부들이 그에게 해결책을 암시해 주었다. 그들은 톨스토이에게 "인생은 하느님을 섬기며 살아야 하며, 결코 자신을 위해 살아서는 안 된다"고 이야기했다.

궁극적으로 톨스토이가 확신한 것은, 신약에 계시된 그리스도의 가르침은 인생의 의미에 관한 그의 의문에 해답이 된다는 사실이다. 그의 주장에 따르면, 우리 안에 선을 분별할 줄 아는 능력이 있고 우리는 그 능력에 접해 산다는 것이다. 우리의 이성과 양심은 그 능력으로부터 연유되며 인생의 목적은 그 의지를 실천하는 것이다. 즉 선을 행하는 것이다. 그리스도께서 가르치신 교훈은 본질적으로 다섯 가지의 명령으로 귀결된다고 그는 주장한다. 분을 발하지 말라. 정욕대로 행하지 말라. 맹세로 자신을 구속하지 말라. 악한 자라도 거슬러 싸우지 말라. 공의로운 자나 불의한 자에게 선을 행하라. 이 같은 명령들은 그의 말년의 활동과 가르침에 기조를 이루었다.

톨스토이의 새로운 확신은 일체의 부도덕성과 교회의 권위를 거부하는 기독교적 무정부주의(Christian anarchism)의 형태를 취하게 되었다. 그 결과 1901년에 교회는 그를 출교시키게 되었다. 나아가 그는 조직된 정부를 반대했는데 그 이유는 체제 유지를 위해서 탄압정치가 사용되기 때문이다. 그는 사유재산 소유를 비난했는데 소유권에는 힘이 대동되기 때문이다. 그는 자신의 재산 전체를 처분하여 이웃에게 분배하기를 원했으나 가족들의 만류에 굴복하여 그의 재산을 그들에게 양도한다.

그의 영적인 위기를 넘기면서 톨스토이는 1880년 이후 그의 대부분의 시간을 자신의 종교적·사회적·도덕적·예술적 견해를 피력하는 저서, 단편집, 논문들을 집필하는데 주력했다. 이 같은 작품들에는, 『고백록』에 나타난 개인의 실제 경험에 대한 관심도가 결여되어 있지만, 동일 문체의 간명한 산물들로 기록되었고, 이따금 자신의 논리적이면서도 설득력 있는 논조로 표현되었다.

광범위한 주제를 다루고 있는 작품들 중에서 몇몇 주요 작품을 선정해 보면, 러시아 정교회에 강력히 도전하는 『교의신학 분석』(An Examination of Dogmatic Theology), 신앙에 관한 그의 견해를 체계화하려는 시도로서 『나는 무엇을 믿는가』(What I believe), 모스크바 빈민가의 개인적 생생한 체험기이며 빈곤의 원인을 분석해 본 『우리의 할 일』(What then must we do?), 그리고 악에 대한 무저항의 강력한 소신을 피력 발전시키면서, 힘을 동원하여 다수를 박해하고 폭력적 전쟁을 통해 대중을 학살하여 부자와 권력자의 성부를 유지하는 권력에 대항하는 기독교적 무정부주의에 관한 강한 확신이 서술된 『하느님의 나라는 너희 안에 있다』(*The Kingdom of God is Within You*) 등을 들 수 있다.

어떤 작품들은 사회 관습이나 정부 체제를 공격하기도 한다. 『왜 인간들은 스스로를 파괴시키는가?』(*Why Do Men Stupefy Themselves?*)에서는 독주(술)와 담배의 유해성을 공격했고, 『나는 침묵할 수 없다』(*I Cannot Be Silent!*)에서 혁명주의자들을 숙청하는 비리를 고발하고 있다. 몇몇 작품들은 미국의 경제학자 헨리 조지에 의해 주장된 토지세를 옹호하며 개혁을 요구하기도 한다.

1897년 톨스토이는 자신의 종교적·도덕적·사회적 견해를 심미적 체계로 발전시키기 위한 시도인 『예술이란 무엇인가?』(*What is Art?*)의 집필을 완료했다. 그의 주장에 의하면, 작업이, 독자나 청중이나 관객에게 예술가의 영혼에서 우러나오는 감동을 나누어 줄 때 비로소 그 작업은 예술이 될 수 있다는 것이다. 예술가와 청중 사이에 동류의 감정으로 연결되고 전달되는 감동이 존재하지 않는다면 엄밀한 의미에서 그 작업은 예술로서는 실패작이 될 것이다.

톨스토이의 주장에 의하면, 최고의 예술은 "종교 예술"이며 이는 하느님과 인간의 사랑에서 분출되는 감정으로 사람들을 감동시킨다. 이 같은 기본적인 이해에 근거하여 그는 예를 들어 셰익스피어나 바그너의 작품들은 예술일 수 없다고 반박한다. 이 같은 기준에 따라 그는 자신의 위대한 소설 작품들도 "형편없는 예술"로 낙인찍는다. 왜냐하면 그 작품들은 자신의 새로운 이론의 도덕적 목적에 부합하지 않았기 때문이었다.

영적인 위기 속에 톨스토이는 다량의 실화 작품 외에, 그가 전에는 기피했던 도덕적 교훈을 목적으로 하는 직설적 문체로 여러 이야기를 저작했다. 『인간은 무엇으로 사는가?』(*What Men Live By?*), 『두 노인』(*Two old Men*), 『악은 유혹하나 선은 인내한다』(*Evil Allures, but Good Endures*), 『인간은 얼마나 많은 땅을 필요로 하나?』(*How much land does a man need?*), 『세 가지 질문』(*Three Questions*) 등이 이같이 새로운 문체로 기록되었다. 농부의 일생에 초점을 맞춘 이 같은 위대한 걸작 단편집들은 "선한 우주적 예술"(good universal art)의 영역에 속한다. 훌륭한 도덕적 교훈들이 이야기의 전개와 문체에 잘 조화되어 표현된다. 그러나 어떤 이야기들은 지식층의 독자에 더 나은 반응을 얻기 위해 초기 작품의 문체에 좀 더 밀접하게 접근해 있다.

가장 뛰어난 작품들로서는 인생의 패배와 절망을 신비적으로 묘사한 미완성 작품 『광인의 변』(*Notes of a Madman*)과 모든 사람을 상징하고 대표하는 한 영웅이 죽음에 직면해서야 비로소 사랑과 신앙의 내면적 빛을 발견한다는 『이반 일리치의 죽음』(*The Death of Ivan Ilich*)을 들 수 있다.

톨스토이는 그의 새로운 확신 속에서 인간의 도덕적 건강은 스스로를 절제할 수 있는 능력에 의존한다는 사실을 주장하며 인간의 성 문제에 깊은 관심을 표명한다. 이 같은 내용은 『크로이체르 소나타』(*The Kreutzer Sonata*)의 중심 주제로서 젊은 남녀의 사회적 성교육을 반대하는 극단론에 대한 확신 있는 예술적 연구였다. 성(性)은 톨스토이의 인생 일화에 감명받은 이야기인 『악마』(*The Devil*)의 주요 관심사이기도 하다. 젊은 부인을 깊이 사랑하는 한 남자가 한 농부의 예쁜 딸을 보고 그 정욕을 절제할 수 없게 된다. 육체의 소욕을 극복하기 위해 절망적 투쟁을 벌이는 이 남편은 톨스토이 자신의 심리적 반향으로 여겨지기도 한다.

71세 때 집필한 장편 『부활』(Resurrection)은 『고백록』 이후 그의 주요한 예술적 노력이었다. 한 젊은 소녀의 정조를 유린하는 귀족의 이야기이다. 그녀는 창기가 되고 자신이 저지르지도 않은 범죄로 인하여 재판을 받게 된다. 양심의 가책을 받은 주인공은 그녀와 결혼하기로 결심하고 그녀를 따라 시베리아로 간다. 비록 그의 사랑이 그녀를 구원하지만 결국 그녀는 결혼을 거절한다. 이 작품의 초반부는 시적인 분위기 속에서 아름답게 진행된다. 그러나 재판 과정은 냉혹한 현실적 기사로 표현된다.

『부활』의 경우 예술적인 면에서 『전쟁과 평화』나 『안나 카레니나』와는 독특한 성격을 지닌다. 급진적인 진행 속에서 재판제도와 형벌제도에 대한 도덕적인 설교와 날카로운 공격들이 전개되며, 교회의 종교적 사역에 대한 톨스토이의 입장은 문학적 예술가라기보다는 논쟁자의 위치에 서게 했다.

『고백록』 이후 톨스토이는 비록 성공적이지는 못했지만 바뀌어진 인생관에 따라 살아가려는 시도가 역력했다. 그는 술과 담배를 끊었고 채식주의자가 되었으며 소박한 농부의 옷을 입고 다녔다. 가능한 한 스스로 자립하려는 그의 노력은 스스로 방을 청소하고 들에 나가 밭일을 하며, 자신의 장화를 스스로 만들어 신도록 하였다. 이상적이고도 순수한 절제의 삶을 지향한 그는 아내와의 육체적인 관계도 절제하기 시작했다. 그는 또한 박애주의 운동에 참가하여 기아에 허덕이는 형제를 도왔다.

톨스토이의 도덕적 신앙적 작품들의 우수성, 그의 명성, 그리고 그의 정력적인 활동은 많은 추종자들을 따르게 하였다. 톨스토이의 이상을 실현하기 위해 그의 추종자들은 함께 모여 살 집단 공동체를 형성하였다. 톨스토이는 그같이 조직된 공동체를 불신하였다. 행복을 가져다주는 진리는 설교로 얻어지는 것이 아니라 정직하게 자신을 성찰하는 개인에 의해서 만 성취되는 것이라고 그는 주장한다. 자신의 명성이 높아지고 자신의 견해가 러시아 전역에 확산되자 전 세계로부터 수백 명의 인사들이 야스나 야폴랴나로 몰려들어 그를 만나 이야기를 나누게 되었다.

그러나 나이 든 아들들과 특별히 그의 부인은 톨스토이의 이러한 생활 태도와 사상에 전혀 동조하지 않았다. 그를 따르는 "추종자들"(그의 부인은 그들을 "맹신자들"로 혹평)의 방문들과 또한 그들 중의 하나인 체르트코프 의 방문은 톨스토이와 부인의 가정불화까지 야기시켰다. 톨스토이의 희 망과는 반대로, 그 부인은 자신의 재산을 처분하여 농민들에게 분배하고 금욕적인 삶을 살기를 거부하였다. 특별히 부인은 남편의 뜻을 강력히 부 정하며 가족들의 평안한 삶을 위해 1880년 이전 작품들의 저작권을 소유 했고 그로부터 상당한 수입을 얻을 수 있었다.

말년에 톨스토이는 그의 많은 작품들을 출판하기를 보류했다. 물론 대 작이 없음을 유감으로 여겨서일 수도 있으나 저작권 문제로 아내와 다투 는 것을 피하기 위해서도였다. 따라서 그가 죽은 후 1년 뒤 1911년에 몇 몇 책들이 출판되었다. 그들 역시 훌륭한 창작품들이었다. 그들 중에는 단 편소설 『하지 무라트』(Khadzhi-Murat)가 있고 그 내용은 보고 싶은 아들을 만나기 위해 러시아로 뛰어들어 장렬히 전사한 용감한 코카서스 전사의 이야기이다. 생생한 묘사 방법과 심리적인 연출 기법은 그의 뛰어난 예술 적 우수성을 대표한다 해도 손색없는 작품이라 할 수 있겠다.

좀 더 짧은 단편이기는 하지만 똑같이 훌륭한 작품으로, 한 귀족정치주 의자가 자신의 육체적 정욕과 영적인 교만을 절제하고 수도원의 수도사 가 된다는 줄거리를 담은 『세르기우스 신부』(Father Sergius)가 있다. 또한 악한 세대 속에서 악을 거슬러 어떻게 선을 행할 수 있는가를 보여주며 선한 행위를 고무하는 『위조 지폐』(The False Coupon)가 있다. 또한 모든 어려운 역경을 이겨내며 자신의 농토에 만족하고 살아가는 한 젊은 농부의 완벽한 단편적 이야기를 소재로 한 『알료샤 고르쇼크』(Alyosha Gorshok)가 있다.

그가 죽은 후 그의 첫 작품 선집에 몇 가지 희곡들이 포함되었다. 톨스토이는 연극이 "가장 영향력 있는 예술"이라고 확신했으며 그는 이따금 전적으로 희곡 집필에 몰두했다. 그러나 연극 작가로서 필요한 여러 가지 자질들이 결여되었기 때문에 분명히 그의 희곡 작품들은 그의 소설보다는 열등하며 형식적인 면에 치우쳤다.

톨스토이가 연극으로 크게 성공한 『어둠의 능력』(The Power of Darkness)은 1888년에 최초로 공연되었다. 한 농부의 비극적 삶을 그린 이 연극은 후에 「발목이 붙잡힌 새는 빠져 나올 수 없다」는 소제목으로 더욱 흥행하였다. 이웃의 부인과 불륜의 관계를 맺은 농부는 결국 더욱 큰 죄악에 휘말려 살인죄를 범한다는 줄거리이다.

이와는 정반대로 귀족 사회의 부조리를 희극적으로 풍자한 희곡은 『계몽의 열매』(The Fruits of Enlightenment)를 들 수 있다. 결국 미완성 작품으로 끝났지만, 자신의 신앙과 지혜를 가족들에게 확신시키지 못하는 한 영웅의 실패담을 그린 자서전적인 작품 『어둠 속에서 비추는 빛』(The Light Shines in Darkness)도 있다.

1902년에 집필한 『살아있는 시체』(The Living Corpse)는 술주정꾼의 비극적 이야기를 다룬다. 아내를 괴롭히고 양심에 가책을 받은 주인공은, 아내로 하여금 그녀가 사랑하는 다른 남자와 결혼할 수 있도록 돕기 위해 스스로 죽음을 위장한다. 그러나 경찰이 자신의 살아 있음을 밝혀내자 스스로 목숨을 끊는다. 이 비극 속에 나타난 도덕관은 말년의 톨스토이의 도덕관은 아니다. 이 희곡을 쓸 당시 톨스토이는 인간의 실수와 부조리를 이해하고 동정하려고 애쓰는 흔적이 엿보인다.

나이가 들면서 톨스토이는, 자신의 가족들이 영위하는 안일한 삶과 스스로 선택한 금욕주의적이면서도 전적으로 이웃을 위해 헌신하고 봉사하는 수도자적인 삶 사이의 괴리 속에서 갈등하며 고통스러워한다. 그는 자신이 고백한 신앙적인 삶을 살지 못하고 있는 자기 자신을 발견하게 된다. 마침내 가정불화는 더욱 극에 달하게 되고 톨스토이는 주치의와 막내 딸 알렉산드라만을 대동한 채 조용한 삶을 영위하며 하느님에게 더욱 가까이 나아가기 위한 피난처를 찾기 위한 소망을 지니고 한밤중에 은밀히 가정을 떠난다. 그로부터 며칠 후 1910년 11월 20일 랴잔 지방 아스타포보의 외곽 간이역에서 폐렴으로 죽는다.

평가

문학 작가로서 톨스토이의 우수성을 의심하는 비평가들은 없다. 그는 세계적으로 가장 우수한 소설가 중의 한 사람으로 인정받고 있다. 러시아의 선배 작가들로부터는 아무런 영향을 받지 않은 그는 오히려 외국의 작가들, 예를 들자면 장자크 루소(Jean-Jacques Rousseau), 스턴(Sterne), 스탕달(Stendhal), 그리고 후기에는 새커리(William Thackeray)의 영향을 받은 듯하다. 그러나 사상가로서의 그의 명성은 논란의 여지가 많고 일치되지 않는다.

그러나 그의 사상을 추구하는 많은 학도들에 의해 톨스토이의 지성적·도덕적 발전 과정은 전면적으로 연구되고 이해되어졌다. 불완전한 인간과 완성될 수 없는 시식들이 난무하는 이 세상에서 지칠 줄 모르는 정열을 가지고 톨스토이는 진리와 절대자를 추구했다. 그 결과 그는 타협을 거부한 채 절대적인 필요성과 소명을 가지고 궁극적인 이성적 설명을 시도했다. 따라서 이 같은 부조리를 극복하려는 그의 논리는 역사, 비폭력, 교육과 예술 분야에서 실천되었다. 그러나 그의 사상에 관한 어떠한 조직적인 연구도 그의 사상이 19세기 자유주의 개념과 연관되어 있다는 사실을 부정할 수 없다.

과거 2000년 동안의 전 역사는 본질적으로 개인의 도덕적 발전과 정부의 탈도덕화 현상에 의해 형성되었다고 그는 확신했다. 소수의 다수 지배 및 탄압 현상에 대한 최종적인 해결책은 인간의 도덕적 발전에 의해서만 가능하다고 톨스토이는 확신했던 것이다. 그에게 있어서 평등한 무계급 사회와 탄압 없는 무정부주의를 향한 인간의 점진적인 노력은, 결코 경제결정론이나 마르크스주의에 근거한 계급간 투쟁에 의해 성취될 수 없으며, 지상 최고의 규범인 사랑의 실천과 모든 형태의 폭력을 거부하는 끊임없는 노력을 통한 모든 개인의 온전한 도덕적 발전과 성취에 의해서만 가능하다고 그는 주장한다.

비록 이성주의에 관한 그의 논리전개가 극단에 치우쳤지만 그럼에도 불구하고 톨스토이는 19세기의 가장 위대한 사상가들 중의 한 사람으로, 오늘날 대부분의 학자들에 의해 인정받고 있다.

톨스토이 연보

1828년	9월 9일 니콜라이 톨스토이 백작 가문의 네째 아들로 야스나야 폴랴나에서 출생.
1844년(16세)	카잔 대학에 입학.
1847년(17세)	카잔 대학 법학부 중퇴. 고향에 돌아가 지주로 생활하다.
1848년(20세)	페테르부르크 대학에서 법학사 학위를 받다.
1851년(23세)	코카서스 포병대 사관 후보생으로 입대.
1852년(24세)	포병대 근무중 『유년 시절』 집필.
1854년(26세)	세바스토폴 전투에 참가. 『소년 시절』 발표.
1855년(27세)	『청년 시절』 집필. 『세바스토폴 이야기』 집필.
1857년(29세)	최초의 유럽 여행, 『청년 시절』 완성.
1859년(31세)	『세 죽음』 『가정의 행복』.
1860년(32세)	교육 활동에 전념.
1861년(33세)	야스나야폴랴나에 학교 설립.
1862년(34세)	18세의 소피아 안드레예브나 베르스와 결혼.
1863년(35세)	맏아들 세르게이 출생. 『카자흐』 발표.
1864년(36세)	『전쟁과 평화』(~1869).
1873년(45세)	『안나 카레니나』(~1877).
1878년(50세)	투르게네프와 화해. 『고백록』 집필.
1880년(52세)	『교의 신학 비판』 집필.
1881년(53세)	『사람은 무엇으로 사는가』 『4복음서 통합 번역』 발행.
1882년(54세)	『고백록』 발행했으나 판금됨.
1884년(56세)	『나는 무엇을 믿는가』 발행했으나 판금됨.
1885년(57세)	『그러면 우리는 무엇을 할 것인가』 『마귀의 일은 아름답고, 신의 일은 까다롭다』 『사랑이 있는 곳에 신도 있다』 『바보 이반』.

1886년(58세)　『이반 일리치의 죽음』『어둠의 힘』『사람은 얼마만큼의 땅이 필요한
　　　　　　　　가』『세 은자』

1887년(59세)　『지혜의 달력』 발행. 『빛이 있는 동안 빛 속을 걸어라』

1889년(61세)　『크로이체르 소나타』『악마』

1890년(62세)　『신부 세르게이』

1891년(63세)　독일어역 톨스토이 전집 발행.

1893년(65세)　『종교의 도덕』『이성과 종교』

1895년(67세)　『주인과 머슴』『신의 고찰』『세 우화』

1896년(68세)　『그리스도의 가르침』『복음서는 어떻게 읽을 것인가』

1897년(69세)　『예술론』『하지 무라트』『헨리 조지의 사상』

1898년(70세)　『신부 세르게이』 완성. 탄생 70주년 축하회 열림.

1899년(71세)　『부활』 발표.

1900년(72세)　아카데미 예술회원으로 선출.

1901년(73세)　정교회에서 파문함.

1902년(74세)　『종교란 무엇인가』

1903년(75세)　『아시리아 황제 아사르하돈』『인생의 의의』

1904년(76세)　『세 가지 질문』『유년 시절의 추억』

1905년(78세)　아내의 중병, 『인생독본』『파스칼』『신의 행위와 사람의 행위』

1908년(80세)　『사랑의 법과 폭력의 법』

1909년(81세)　『사형과 기독교』 - 사형을 반대함. 『누가 살인자냐』

1910년(82세)　희곡『모든 것의 근원』
　　　　　　　　10월 28일 가출하여 아스타포보 기차역에 내려 11월 7일 사망. 야스나
　　　　　　　　야폴랴나에 묻힘.

현대지성 클래식 살펴보기